후궁정원

비밀스런 사랑은 황제 폐하와

후궁정원~비밀스런 사랑은 황제 폐하와~

초판 1쇄 찍은 날 | 2015년 1월 1일
초판 1쇄 펴낸 날 | 2015년 1월 10일

지은이 | 히메노 유리
그린이 | 미즈키 쿄야
옮긴이 | 이수영
펴낸이 | 예경원

편집책임 | 박우진
편집 | 오아현

펴낸곳 | 예원북스
등록번호 | 제396-2012-000132호
등록일자 | 2012. 7. 25
YRN | 제5-0007호

주소 | 경기도 고양시 일산동구 무궁화로 8-28 삼성메르헨하우스 712호 (우) 410-837
전화 | 031-819-9431 팩스 | 031-817-9432
http://blog.naver.com/ainandfin
E-mail | ainandfin@naver.com

ISBN 979-11-5630-643-6 03830

※ 이 도서의 국립중앙도서관 출판시도서목록(CIP)은 서지정보유통지원시스템 홈페이지(http://seoji.nl.go.kr)와 국가자료공동목록시스템(http://www.nl.go.kr/kolisnet)에서 이용하실 수 있습니다.

후궁정원
비밀스런 사랑은 황제 폐하와
히메노 유리 글
미즈키 쿄야 그림
이수영 옮김
Marchen
메르헨 노블
Novel

※ 이 이야기는 픽션으로, 이야기에 등장하는 인물 · 단체 · 사건은 현실과는 무관합니다.

이령(李玲)
실종된 남동생을 대신해
남장하고 입궁해
문관 생활을 시작한다
비밀스런 사랑은 황제 폐하와
후궁정원
등장인물
소개

왕상(王翔)
잔학하고 여자를 밝히는 폭군으로,
온 국민이 두려워하는 황제
소천(蕭泉)
황제를 가까이서
보좌하는 중상시(中常侍)
이량(李亮)
이령의 남동생.
궁중 관리로 임명되지만
갑자기 실종되어 버린다.

0장

하얀 피부 위로 남자의 손가락이 미끄러졌다.

그 손가락은 단순히 매끄럽지만은 않은, 독특한 감촉을 지니고 있었다. 그것은 아마도, 그 손가락이 평생 붓만 쥐고 산 문인의 것이 아니라 피비린내 나는 전장에서 살아남은 무인의 것이기 때문이리라. 검을 쥐기 위한 손.

이령은 다른 사내의 손가락을 알지 못하고, 애당초 이 남자가 손에 검을 쥐고 싸우는 모습은 한 번도 보지 못했지만 남자의 손가락이 닿을 때마다 이상하게도 그런 생각이 든다.

그 증거인 양 용서를 모르는 남자의 손끝은 지독히 냉철해서, 아름다운 구슬을 어루만진다기보다는 무기의 날카로움을 확인하는 듯한 느낌이었다.

차가운 손가락. 사랑도 자비도 없는 손가락. 절망만이 감도는 손가락.

그리고 자신을 조금도 갖고 싶어 하지 않고 있다는 것을 알려주는 손가락. 그래도 그가 뒤에서 안아오며 흐트러진 가슴팍의 옷깃 사이로 손을 넣어 가슴을 움켜쥐어 올리면 등줄기가 떨려왔다. 몸 한가운데가 부드럽게 녹아 다리 사이, 그녀의 가장 깊은 곳이 촉촉이 젖어든다.

"으음……."

넘칠 듯 새어나오는 숨을 참으려 이령은 입술을 깨물었다.

난 이런 여자가 아니었는데. 정숙하다고까진 못해도, 이렇게 헤프지는 않았다. 엄숙한 어머니 밑에서 교육받은 몸가짐을 엄히 지켜왔다.

그런데 지금은, 남편도 아닌 남자, 하물며 자신을 사랑하지도 않는 남자의 품에서 노리개처럼 희롱당하고 있다. 어쩌다 이 몸이 이렇게 흐트러졌단 말인가.

열없던 손가락에 열이 달아오르는 괴로움으로 자책하면서도 몸은 쾌락이라는 달콤한 독에 빠지고 있다.

빼앗기고 유린당하는 것이 여자의 성(性)이라지만, 너무나도 부당하다.

'차라리 아무것도 느끼지 못하면 좋으련만…….'

하지만 이러한 이령의 생각은 아랑곳하지 않고 그녀의

살이 남자를 받아들인다.

복숭아처럼 부드러운 유방의 끝은, 아직 손이 닿지도 않았는데 딱딱하게 솟아 있다. 손가락이 그 끝을 만지작거리며 비틀자 신음 소리가 났다.

또르륵. 무언가가 몸 안에서 녹아내려 그녀의 샘이 한층 젖어들었다.

이대로 가다간 비싼 옷이 더럽혀질 것 같았다.

이령의 몸을 감고 있는 것은 윗옷도 치마도 그 아래 입은 흰 속옷도, 모두 깜짝 놀랄 정도로 촉감이 좋은 비단이었다. 아마도 어마어마한 고가일 것이다. 상상하기 두려워 생각하지 않으려 했지만, 역시나 더럽힐 수는 없었다.

단순히 그뿐만 아니었다. 경박하게 쏟아낸 애욕의 증거를 얼룩으로 남기다니, 비싼 비단옷이 아니라 평소처럼 검소한 마(麻) 옷을 입고 있었다 해도 그런 것은 참을 수 없었다. 그런 생각을 하며 이령이 허벅지를 꽉 조이고 있자, 남자가 가슴팍에서 손을 꺼내더니 이번에는 무릎을 잡았다.

옷자락을 헤치며 남자의 손이 기어 올라왔다. 그가 이령의 새하얀 허벅다리를 달빛 아래 드러내고 천천히 어루만진다.

남자의 손가락이 다리의 끝, 깊은 곳에 가 닿자 이령은 그저 몸을 떨 뿐, 어찌할 바를 몰랐다. 남자는 굳게 닫혀 있던 이령의 다리를 쉽게 열더니 그 틈으로 손가락을 밀어 넣었다.

"읏……."

쨍— 통증과도 같은 저릿함이 몸을 관통했다. 흠뻑 젖어 있던 그곳은 아무런 저항 없이 남자의 손가락을 깊숙한 곳까지 맞아들였다.

"엄청나군. 마치 꿀단지에 손가락을 넣은 것 같잖아."

남자가 귓가에 속삭였다.

"그렇게 애타게 기다려지던가?"

남자의 목소리는 어두운 조소를 옅게 띠고 있었다.

이령은 어깨를 움츠리며 작게 고개를 저었다.

보이지 않는 귀신에 겁먹고 움츠린 듯한 작은 아이 같은 그 모습은 남자의 잔학함을 부채질했을 뿐이었나 보다.

남자는 침대 위에 이령을 눕히고 거칠게 옷을 벗겨 냈다. 실오라기 하나 걸치지 않은 몸 위를 남자가 덮쳐온다. 그리고 떨리는 이령의 무릎을 벌렸다.

"말을 못하니 재미없군."

숨이 닿을 만큼 가까이에서 남자가 속삭였다.

"말을 할 줄 안다면 네 쪽에서 매달리도록 만들어줄 수 있는데 말이야."

'그럴 리는 없어요!'

이령은 내뱉고 싶은 말을 속으로 삼켰다.

남자는 이령이 말할 수 있다는 것을 모른다. 아니, 알면서도 모른 척하고 있다. 지금의 그녀는 작은 새이다. 노래하지 못하는 작은 새…….

허둥대며 위를 올려다보니 검은 눈동자가 이령을 응시하고 있었다. 처음 보았을 때처럼 그 차갑고도 맑은 눈동자는 강한 빛을 품고 있다.

'아름다운 눈이다…….'

한번 보면 눈을 뗄 수 없다. 이대로 완전히 빨려 들어갈 듯하다.

저도 모르게 온몸의 힘이 쭉 빠졌다. 그것을 기다렸다는 듯 입술이 덮쳐왔다.

그대로 남자는 이령의 무릎을 안아 올리고 천천히 몸 안으로 들어왔다.

손가락과는 차원이 다른 질량에 그녀의 좁은 길이 움찔했지만 그것도 잠시, 남자가 천천히 허리를 움직이기 시작하자 침범당한 그곳에서 감미로운 떨림이 퍼졌다. 시작은 은은하게, 하지만 점차 강렬하고 크게 이령의 몸을 안에서부터 다 태워 버릴 듯한 불꽃이 솟았다.

이령은 남자의 넓은 가슴에 안겨 폭풍 속에 흔들리는 여린 가지처럼 몸 가장 깊은 곳에서 끓어오르는 도취에 떨고 있었다.

대체 어쩌다가 이렇게 되었을까?

전혀 바라지도 않았던 일이다.

알고 있다. 자신의 잘못이라는 것을.

모두 내 탓이다.

하지만 이령은 그저 탄식할 뿐 어찌할 도리가 없었다.
그렇다고 해도 내가 무엇을 할 수 있었을까?
내가 어찌해야 했을까……?

1장

"어라?"

정신 차리고 보니 낯선 곳이었다.

"여긴…… 어디지?"

황제 폐하가 계시는 천성궁(天星宮)은 어마어마하게 넓다. 황제 폐하의 아버지인 선대 황제가 이곳에 궁전을 세웠을 때 마을 세 개가 사라졌다 하니 그 넓이를 미루어 짐작할 만하다. 광대한 천성궁에는 황제 폐하가 머무는 조전(朝殿)을 중심으로 각종 관청, 학교, 후궁 등 수많은 궁이 늘어서 있다.

이령이 일하는 관청도 그 궁 중 하나다. 당연히 건물 외양도 비슷비슷한지라 원래 있던 곳으로 돌아가려 해도 방

향조차 모르겠다.

“나 지금 혹시, 길 잃은 건가?”

혹시가 아니고 역시나 헤매고 있다. 알고 있으면서도 소리 내어 말하고 만 것은 아마도 그 사실을 인정하고 싶지 않은 기분 탓이리라.

“말도 안 돼……. 어쩐담?”

이령은 무심코 그 자리에 주저앉아 버렸다. 품에 안은 것은 먹 담는 그릇과 붓. 숯과 아교(갖풀)를 반죽해 만드는 먹은, 마르면 딱딱하게 굳어버린다. 그래서 마르기 전에 붓과 그릇을 씻어두어야 한다.

빨리 붓을 씻어 돌아가지 않으면 또 상관에게 혼이 나버릴 텐데. 귓가에 ‘너란 놈은 붓을 씻으러 대체 어디까지 갔다 온 게냐!’ 하고 야단치는 그의 목소리가 들리는 듯했다.

“하아~”

깊고 깊은 한숨을 내쉬며 이령은 연회색 바탕에 검은 천으로 가장자리를 장식한 관복 소매를 끌어 올렸다. 아직 어색한 그 옷은 궁전에서 일하는 문관이 입는 곡거심의(曲裾深衣)다. 허리에는 검은색 띠를 두르고 머리는 남자처럼 짧게 잘라 묶고 갓을 쓰고 있다.

완벽한 변장이다. 이 모습을 보면 그 누구도 이령이 관청에서 근무하는 하급관리라는 것을 의심하지 않으리라. 심지어 여자인 이령이 남동생 이량을 대신해 궁에 숨어들었다는 것을 알아챌 리 만무하다.

하지만…….

궁에는 아홉 개의 관청이 있다. 이량이 일하는 곳은 아홉 개 관청 중 소부(少府)라 불리는, 문서 일을 담당하는 곳으로, 그중에서도 상서성(尙書省)이었다. 황제 폐하의 칙령을 다른 부서로 전달하는 문서를 쓰거나 나라 밖에서 일어난 일을 기록하고 정리하는 것이 상서성의 주업무이다.

상서성에서 일하려면 비록 심부름 일을 하는 하급관리라 해도 당연히 명문을 이해하고 창작하는 재능, 글자를 아름답게 쓰는 능력을 갖춰야 한다. 문인이었던 아버지의 피를 물려받은 이령의 동생, 이량은 어려서부터 어른들이 혀를 내두를 정도로 총명했다. 필체 또한 빼어났고 좋은 스승 아래 배운 것이 아깝지 않게 수재라고 명성이 자자했다.

물론 이령도 같은 피를 물려받았다. 어릴 때는 아버지에게 열심히 배웠다. 덕분에 글을 쓸 수 있고 책도 읽을 수 있다. 세상의 이치며 유익한 고사에 대해서도 조금은 안다. 문인의 자식으로서 최소한의 교양은 익힌 셈이다.

하지만 그것은 어디까지나 양친이 살아 계셨을 때의 이야기로, 양친을 여읜 후 이량은 이령의 모든 것이 되었다. 그녀는 총명한 동생이 아버지처럼 문인의 길을 갈 수 있도록 온 힘을 다했다.

부모 없는 남매를 거두어 길러주신 이모와 이모부에게는 이미 많은 신세를 지고 있다. 더는 폐를 끼칠 수 없다는 생각에 이령은 동생 몫까지 집안일을 돕고 짬이 나는 시간을 아껴 품삯을 벌어 모았다.

그런 이령에게 교양을 갈고닦을 여유 따위 있을 리 없었다. 원래 여자는 학문을 익힐 필요가 없다는 것이 세상의 풍조이기도 했다.

가슴에 천을 꽁꽁 두르고 여자의 증거인 굴곡을 숨겨 남자인 척하고 있지만, 아무리 겉모습이 쏙 빼닮았다 해도 동생인 이랑처럼 능숙히 글을 쓰고, 임금께 아뢰기 위한 아름다운 문장을 지어 써낼 재간 따위,

"……있을 리 없다고."

최소한 간단한 일이라도 해낼 수 있었다면 좋았을 것을, 문서 정리를 하려 하면 죽간(竹簡)을 무너뜨리고, 힘들게 먹을 갈면 도저히 못 쓸 상태로 만들어 버리고…….

이래서야 상관이 이령에게 무능하다고 격노할 만도 했다. 화내다 못해 기력이 다한 상관은 결국 이령에게 더 쓰지 못하는 먹과 붓을 씻어오라고 시켰다. '당장 꺼져!' 라고 하지 않은 것은 아마도, 마지막까지 살아남은 최후의 이성 덕분이리라.

상관의 비웃음 섞인 말투가 떠올랐다.

"아무리 경망스러운 놈이라 해도 이건 할 수 있겠지?"

그 마음은 충분히 이해한다. 이령 같은 일 못하는 부하를 둔 상관은 가엾다고 생각한다.

'하지만, 어쩔 수가 없잖아.'

죽간 같은 건 태어나서 처음 만져보았고 끈적이는 먹은 또 왜 이리 다루기 힘든지.

'이렇게 계속해 나갈 수 있을까……?'

마음에 불안이 가득했다. 동생이 나타날 때까지 동생인 척하며 궁중 생활을 대신하고 있겠다고 결심했지만 첫날부터 이래서야 앞이 보이지 않는다.

'량아. 대체 왜, 집을 나간 거니……?'

울고 싶은 기분으로 주변을 둘러보았다. 뭐라도 익숙한 게 눈에 들어올까 싶어서였다.

그러자 건물 저편에서 누군가가 걸어오는 것이 보였다.

앞서 걷고 있는 것은 흐린 적색 옷에 갑옷을 입은 병사였다. 궁전 안인데도 병사들은 빈틈없이 주변을 둘러보며 뒤따라오는 귀인을 호위하고 있다. 병사들의 긴장감이 이령에게까지 전해져 왔다.

그녀는 급히 멈춰서 옆에 있는 나무 뒤에 숨었지만 이상하게도 그 귀인이 까닭 없이 신경 쓰여 살짝 엿보았다.

'누구지?'

키가 크고 아직 젊은 남자였다. 늘씬한 체형이지만 힘차고 거동에 틈이 없었다. 찢어진 눈초리 속 검은 눈동자며 완고하게 다문 입술도 마치 장인이 정성스레 빚은 도자기처럼 단정하다. 빼어난 이마와 칼로 성기게 깎은 듯한 빰이 그 정갈한 얼굴에 남성적인 음영을 드리우고 있었다.

'군인…… 인가?'

문득 남자에게서 피비린내 같은 기운을 느꼈다. 하지만 군인치고는 의복이며 거동이 정갈하고도 세련되었다.

어쨌든 높은 분이리라. 몸에 두른 검은 옷에는 광택 있는 실로 자수가 놓여 있어 화려하진 않아도 비싸 보였으며, 병사들 외에도 꽤 많은 사람을 거느리고 걷고 있다.

하지만…….

'어쩜 저렇게 차가운 눈을 하고 있는 사람인 걸까…….'

흡사 누군가가 손으로 빚은 듯한 그 한 쌍의 검은 눈동자에는 어떠한 감정도, 인간적인 체온도 느껴지지 않았다. 마치 밤의 어둠을 녹여내어 그대로 담아놓은 듯했다.

'저런 사람이 있다니……. 조금 무서워.'

남자의 시선이 이쪽을 향했다. 도망가야 한다는 생각은 했지만 한발 늦었다. 검은 눈동자가 그녀를 보고 있었다. 서로 시선이 얽혔다.

순간, 남자의 눈동자가 빛났다.

이령은 저도 모르게 숨을 들이마셨다.

'아름다운 눈동자…….'

청청하게 개인 눈동자. 마치 불결한 것이라곤 단 한 번도 비춘 적이 없는 듯 아득히 깊은 곳까지 맑게 비치는 눈이었다. 하지만 이령은 곧장 그 생각을 떨쳐냈다.

'아, 아니, 그게 아니야.'

그 눈은 오히려 이 세상의 모든 것을 녹여 버릴 듯했다.

저 눈 속에는 필시 다 헤아릴 수 없는 슬픔과 아픔이 녹아 있을 것이다.

"아……."

탄식 같은 한숨이 입술 사이로 새어나왔다. 동시에 손끝의 힘이 빠져 품에 안고 있던 먹통이 바닥에 떨어졌다. 도자기 그릇이 엄청난 소리를 내며 이령의 발아래 흩어졌다. 호위하던 병사도 뒤따라오던 몸종들도, 그리고 그 귀인도 일제히 이령 쪽을 쳐다보았다. 주저하고 있을 틈이 없었다. 이령은 서둘러 나무 그늘에서 뛰쳐나와 그 자리에 엎드렸다.

"죄, 죄송합니다……."

호위병 두 명이 다가왔다. 한 사람은 이령의 오른손을, 또 한 사람은 왼손을 꺾어 잡고 돌바닥 위에 찍어 눌렀다.

"뭐하는 녀석이냐?!"

"저, 저는……"

"일부러 황제 폐하에게 접근한 것이냐?!"

"화, 황제 폐하?!"

그럼, 저 귀인이 황제 폐하? 그 잔학하고 호색한으로 악명 높은……? 자기도 모르게 고개를 들어 귀인의 얼굴을 확인하려다 호위병의 손에 다시 고개를 숙였다.

"앗!"

"이놈, 감히 황제 폐하 앞에서 고개를 들다니!"

"소, 송구하옵……."

"이 통로는 황제 폐하 외에는 아무도 지날 수 없는 길이다! 이 신성한 곳을 더럽히다니, 황제 폐하를 모욕한 것이나 다를 바 없다. 네 이놈!"

다시 호위병의 난폭한 힘에 돌바닥에 머리가 닿을 정도로 짓눌려져, 비명이 새어나오는 것을 필사적으로 참으며 이령은 떨리는 입술을 열었다.

"죽을죄를 지었습니다. 용서해 주십시오. 절대 일부러 온 것이 아닙니다. 그저 길을 잃어……."

"길을 잃었다고?!"

"네. 거짓이 아니옵니다. 정말입니다. 저는 상서성에서 일하는 자로 잠시 붓을 씻으러 나왔사온데, 오늘 처음으로 관청에 들어온지라 길을 전혀 몰라 헤매다 여기까지 오게 된 것입니다."

"그런 말도 안 되는……."

호위병의 말을 가르듯 다른 목소리가 날아왔다.

"그대, 이름이 무엇인가?"

"이량이라 하옵니다. 자는 자영(子英)이옵니다."

그 말을 듣고 그 목소리의 주인이 말했다.

"상서성에서 일하는 자라 하니 확인해 보면 되겠구나. 누가 가서 이 녀석의 상관을 불러와라."

얼마 지나지 않아 상관이 도착했다. 이령에게 붓 씻는 심부름을 시킨 사람이었다.

"이자가 자신의 이름은 이자영으로, 오늘부터 상서성 문관이 되었다 하는데, 사실입니까?"

부드러운 목소리. 어조도 매끄럽고 유연했지만, 그 바닥에는 거짓을 고할 수 없게 만드는 울림이 담겨 있다.

"그러하옵니다."

"틀림없겠지요?"

"여기, 이자의 출신이 기록되어 있는 추천서가 있사옵니다."

부드러운 목소리의 주인공이 상관이 내민 죽간을 받아 읽기 시작했다.

"이름은 이량, 자는 자영. 온후하고 착실한 성품이라. 성적이 대단히 우수하고 장래 유망. 출생은 희(嬉), 부친의 이름은 이광(李光)이라……."

그 목소리가 아버지의 이름을 입에 올린 순간, 주변이 술렁였다.

"설마, 아버지의 복수를 하러?!"

"이런 곳에 숨어 있다가 황제 폐하를 노리다니, 이런 무서운 놈이!!"

"아, 아닙니다!"

이령은 고개를 좌우로 흔들며 비명에 가까운 소리를 질렀다.

"제가 폐하를 노리다니요! 말도 안 됩니다."

"네 이놈! 다 들켰는데 계속 발뺌하려 하느냐?!"

"제가 희국 출생인 것은 사실이나, 그래도 아비의 복수 따위는 생각한 적도 없습니다. 거짓이 아니옵니다. 진실로, 진실로 그저 길을 잃었던 것뿐입니다."

"황제 폐하. 속으시면 아니 되옵니다. 이 녀석은 암살자입니다. 이런 자를 등용한 자도 마찬가지. 그 죄를 엄히 물으시옵소서."

"헉……."

상관은 차마 소리 내지 못하고 비명을 삼켰다. 이령 이상으로 깊이 엎드린 상관의 온몸이 애처로울 정도로 부들부들 떨리고 있었다. 황제 폐하는 피를 좋아한다 하니, 여차하면 둘 다 이 자리에서 목이 달아나게 될지도 모른다. 상관이 이렇게 떠는 것도 당연하다.

"제, 제 잘못입니다!!"

비명처럼 이령이 소리쳤다.

"제발 부탁드립니다. 위대하신 황제 폐하, 모든 것은 저 혼자 잘못한 것입니다. 그 죄는 저에게만 물어주십시오."

자신의 죄를 다른 누가 뒤집어쓰다니, 생각만 해도 무섭다. 무엇보다 가족을 말려들게 하는 것만은 안 된다. 그렇지 않으면 이런 우스꽝스러운 꼴을 하고 궁에까지 숨어 들어온 의미가 없어진다. 이령은 몸을 벌벌 떨면서, 팔은 뒤로 포박당한 채 있는 힘껏 고개를 숙였다. 누구도, 아무 말도 하지 않는다. 황제 폐하의 판결을 기다리는 것인가.

'난, 대체 어찌 되는 걸까……?'

이령은 입술을 앙다물었다. 결국, 이대로 죽게 되는 걸까? 팽팽한 긴장감 사이로 스르륵, 발소리가 끼어들었다. 사락거리는 비단 소리. 향이 베인 옷에서 달달한 향기가 피어올랐다.

"이자영. 고개를 드세요."

아까 이름을 물었던 부드러운 목소리다.

뒤에서 누르고 있던 힘이 풀리고, 이령은 고개를 들었다. 눈앞에 있는 것은 깜짝 놀랄 정도로 고운 얼굴이다. 선계에 사는 선녀라도 이렇게 아름답진 않으리라. 한가히 감상하고 있을 때가 아닌데도 순간 멍해져서 바라볼 정도다. 그가 이령이 떨어뜨린 붓을 쥐어 들었다.

"그대가 이 먹을 갈았습니까?"

예상치 못한 질문에 이령은 곤혹스러운 표정으로 고개를 끄덕였다.

"그, 그러하옵니다."

"이런 질 나쁜 먹을 보았나! 상서성은 이런 먹으로 글을 쓴단 말입니까?"

"그, 그것이 아니오라!"

이령 옆에서 떨고 있던 상관이었다.

"이 녀석은 글도 문장도 서툴러 도저히 일을 시킬 수 없어 먹을 갈게 했더니 결국 이 꼴로 만들어놓았습니다. 할 수 없어 붓과 먹통을 씻어오라 했던 것이옵니다."

그 예쁜 사람이 소리 내어 웃었다.

"오호라, 수재만 모인다는 상서성에도 이런 덜떨어진 이가 있었군요."

그리고 이령 쪽으로 붓을 내밀며 말했다.

"귀한 먹을 이 꼴로 만든 것이 그대의 죄이니."

"네?"

"이런이런. 움직이면 아니 되지요. 가만히 있으세요."

그가 손에 든 붓이 이령의 얼굴을 간질이며 미끄러진다. 얼굴에 무엇을 하고 있는지는 모르겠지만 너무 당황스러워 어찌할 바를 몰랐다. 이령은 그저 눈을 꼭 감고 돌처럼 굳어 있을 뿐이었다.

"자, 완성입니다."

그의 얼굴에 방실, 만족스러운 웃음이 떠올랐다.

"걸작입니다. 걸작. 자, 사람들에게 보여주세요."

그 말과 동시에 눈앞의 고운 얼굴이 사라졌다. 시야가 트이나 싶더니 누구 하나가 웃음을 터뜨렸다.

"풉!"

그것이 마치 신호인 양 여기저기서 쿡쿡대는 웃음이 퍼졌다. 소맷자락으로 입을 가리고 어깨를 들썩이며 참는 사람마저 있다.

'뭐야. 대체 내 얼굴에 무슨 짓을 한 거야?!'

이령이 서둘러 고개를 숙이려 하자 그에 한발 앞서 그가 양손으로 그녀의 얼굴을 붙잡았다. 우아한 몸동작에서는 상상할 수 없는 강한 힘이라 얼굴을 꼼짝할 수 없었다.

"안 됩니다. 이건 벌이니 참으세요."

'그런 게 어디 있어!'

용서 없는 그 말에 이령은 마음으로 항의했다.

확실히 잘못한 것은 자신이다. 벌을 받아도 하는 수 없다. 하지만 그렇다고 해서 이런 식으로 사람들 앞에서 이런 망측한 꼴로 만들다니 정말 야비하다. 비열하기 짝이 없다. 저 고운 얼굴 뒤에 필시 엄청나게 비뚤어진 성격을 숨기고 있을 게 틀림없다. 얼굴을 숨기지도, 시선을 피하지도 못하니 그저 눈을 감아버리려 했다.

그러나 결국 그러지도 못했다. 왜냐하면 그녀가 눈을 감기 전에 무언가에 그 시선을 꼼짝없이 사로잡히고 말았기 때문이었다.

그것은 눈동자.

모든 것을 녹여낼 듯 맑은, 깊은 연못과도 같은 검은 눈동자.

모두가 이령을 보며 웃고 있을 때, 그 눈만이 웃지 않았다. 책망하는 것도, 깔보는 것도 아닌 그저 맑은 눈길로 이령을 지그시 바라보고 있다.

"아……."

몸의 가장 깊은 곳 어딘가가 강제적인 힘에 의해 열리고 그에게 사로잡힌 듯한 느낌이었다. 잔물결 같은 떨림이 피부를 따라 전신에 퍼진다.

이분이 황제 폐하. 마음에 드는 여인이 있으면 손 가는 대로 후궁에 들여 노리개로 삼는다는 분, 마음에 안 드는 자는 너무나도 쉽게 처형해 버린다는 잔혹한 분.

그런데 어째서?

어째서 이렇게도 맑고 깨끗한 눈을 하고 있을까?

"거기, 너."

황제가 이령의 상관에게 말했다.

그 순간 물을 끼얹은 듯 주변이 조용해졌다. 이령을 비웃던 소리도 그런 일 따위 애초에 없었다는 듯이 잦아들었다.

"네게 묻겠다. 이 녀석이 그렇게 쓸모가 없는가?"

처음 듣는 황제의 목소리는 그 자체만으로도 이령의 몸을 울렸다. 귀로 들어온 다음 순간 몸 구석구석까지 울려 퍼져 나가는 듯한 쩌렁쩌렁한 목소리. 눈빛과 마찬가지로 맑은 목소리다.

갑작스러운 황제의 물음에 긴장이 극에 달했는지 상관이 우물쭈물 대답했다.

"에, 예, 옙. 그렇사옵……."

"조금씩 일을 가르쳐 제대로 키우는 것이 불가능하다는 말인가?"

"……그럴 수 있다면야 좋겠지만……."

모호한 그 말 속에는 '그것은 무리다' 라는 뜻이 들어 있다.

이령도 부정할 수 없었다. 자신에게는 무리였다. 평생을 들여도 무리.

'하지만 동생인 량이라면 정말 잘해 나갈 텐데.'

동생은 자신과는 비교할 수 없을 정도로 총명하다. 이 상황만 어떻게 넘길 수 있다면 그다음에는 량이가 잘해 나갈 것이다. 어쩌면 사람이 너무 확 변했다고 이러쿵저러쿵 이야기하는 사람이 나타날지도 모르지만, '잠시 상태가 좋지 않았다' 같은 말이라도 해두면 된다. 동생의 총명함을 알게 된다면 그런 말들도 곧 사라질 터.

이런 상황에서도 이령은 낙천적이었다.

가장 중요한 동생의 행방은 불확실한데도, 수일 내로 찾을 수 있을 것이라고, 혹은 제 발로 돌아와 줄 것이라고 믿고 있다.

그런데…….

"그럼, 할 수 없군. 이 녀석은 내가 데려가 써야겠다."

갑작스러운 황제의 말에 이령은 경악했다.

데, 데려가다니? 황제 폐하가? 쓰다니, 어떻게?!

"네, 네?!"

'말도 안 돼!'

이령은 마음속으로 소리쳤다.

'량이를 훌륭한 관리로 키우려던 내 계획이…….'

하지만 이령이 항의하기도 전에, 뒤에 있던 무리 중 한 사람이 서둘러 앞에 나와 황제를 만류했다.

"폐하, 부디 그 농을 거두어주시옵소서."

그 관리는 붉은색 천에 거북 등딱지 무늬를 딴 화려한 자수 옷을 입고 있다. 이쪽이 황제가 아닐까 오해할 정도로 화려한 옷이었다.

나이는 황제의 아버지뻘 정도일까. 아마 관리 중에서도 꽤 지위가 높은 사람인 듯했지만 황제는 개의치 않았다.

“왜 안 되느냐? 능력 없는 놈을 이대로 상서성에 두면 국민의 혈세를 축낼 뿐이다. 그럴 바에야 내 옆에 두고 심부름이나 시키는 게 낫지 않은가?”

“그, 그렇기는 하오나…….”

“뭐 또 할 말이 남았는가?”

화려한 차림의 관리는 잠시 주저하다가 양손을 가슴 앞에 모으고 군신의 예를 갖추었다. 살집이 오른 그 손처럼 몸도 통통했다.

“아뢰옵기 황송하오나 저자는 위험합니다. 폐하. 폐하를 곁에서 모시게 하기에는 적당치 않다 사료되옵니다.”

“위험? 어디가? 그저 어리바리한 풋내기가 아니냐.”

“폐하, 저자는 희국 출신이 아닙니까. 지금도 폐하를 원망하고 있을 것이 틀림없사옵니다. 언제 어떻게 돌변할지…….”

그는 제 의견을 끝까지 말하지 못했다. 우렛소리 같은 황제의 목소리가 그의 말을 가로막았기 때문이다.

“과거, 희국의 땅이었던 곳은 이제 모두 짐의 나라이다!”

황제의 검은 눈동자 속 맑은 빛은 이미 사라지고 없었다. 그 대신 마주친 자는 한순간에 얼어붙어 버릴 정도의 차가운 눈빛이 떠올라 있을 뿐이었다.

"그 백성 또한 마찬가지. 희국 출신 따위 이제 없다. 내 백성만이 있을 뿐이다."

"폐, 폐하……."

"아니면 너는 내가 틀렸다는 것이냐?"

아직 젊은 황제였지만 그 목소리에는 황제의 위엄이 들어 있었다. 사람을 끌어들이는 힘, 지배하는 힘.

엄한 황제의 말에 관리가 맥없이 물러났다.

"다, 당치 않사옵니다……."

"그래, 그럼 괜찮다는 말이렷다?"

"……예, 폐하……"

떫은 얼굴로 고개를 끄덕이는 관리를 보던 황제는 이령 옆에 서 있던 아름다운 사람에게 말했다.

"소천."

"예, 폐하."

"이 녀석은 네게 맡기겠다. 일을 가르쳐라."

"분부 받들겠습니다. 폐하."

자, 잠깐!

이령은 무언가 말하려 했다.

그렇게 마음대로 정해도 되는 거야? 나는? 내 뜻 따위 전혀 상관없이?

"읍!"

이령이 입을 떼기도 전에 소천이 가로막았다. 이 아름다운 사람은 생긴 것과 달리 힘은 무식하게 세다. 도망치지도 못하고 발버둥 치는 사이 황제는 소천과 이령을 뒤로하고 떠나가 버렸다.

겨우 소천의 손아귀에서 벗어나게 된 것은 황제 일행의 발소리도 들리지 않게 된 후.

무언가 말해야 한다.

그런 생각에 입을 열었지만 도무지 말이 튀어나오지 않았다.

이령을 바라보는 소천의 눈길에 일순 압도되었기 때문이었다. 아름다운 눈동자는 어딘가 저항하기 힘든 기운을 지니고 그녀를 내려다보고 있다.

"우선 이리 따라오세요. 이야기는 나중에 하고."

"네, 네……."

"우선 그 웃긴 얼굴부터 어떻게 해야겠습니다. 그 얼굴을 보고서는 도저히 제대로 이야기를 못하겠으니."

"자기가 그려놓고……."

작은 목소리였지만 소천의 귀는 날카로웠다.

"뭐라 했습니까?"

"아, 아닙니다! 아무것도!"

"그럼, 가지요."

그렇게 말하는 소천의 입가에 즐거운 듯 웃음이 떠올라 있는 것을 이령은 놓치지 않았다.

'이 사람 역시, 괴팍한 성격 같아…….'

이런 사람을 상대할 때는 주의해야 한다. 특히 이령은 안

해도 될 말을 한마디 더 해서 낭패를 보는 경우가 많았으니까.

스스로 다짐하며 이령은 앞서 가는 소천의 모습을 흘깃흘깃 관찰했다.

이렇게 보니 의외로 장신이었다. 이령도 키가 큰 편이지만 나란히 서면 올려다보아야 할 정도다.

옷은 물빛이 도는 연두색의 곡거심의. 옷깃과 테두리, 소매 끝은 청록색 띠가 둘려 있다. 곡거심의란 왼쪽 옷자락이 길게 호를 그리며 늘어져 발목까지 내려오는 옷이다. 입을 때는 길이가 긴 왼쪽 옷자락을 여러 겹 허리에 감은 후 그 위에 띠를 맨다.

남녀와 귀천을 가리지 않고 일상적으로 입을 수 있는 옷이지만, 소천이 지금 입고 있는 옷은 광택이 도는 비단 위에 같은 색의 비단 실로 자세히 보아야 할 수 있을 정도의 세세한 풀 무늬 자수가 놓여 있었다. 시원하면서도 화려한 옷은 소천의 미모를 한층 돋보이게 했다.

나긋나긋한 몸매. 등 뒤에서 흔들리는 머리카락은 색이 엷어서 햇볕 아래서는 금색으로까지 보인다.

'그러고 보니 눈동자도 회색처럼 엷은 색이었던 것 같아…….'

이령은 기억 속에서 소천의 눈동자를 떠올려 보려 했지만 떠오른 것은 소천이 아닌 다른 눈동자였다.

지금도 그 검은 눈동자가 계속 지켜보고 있는 것만 같다.

마치 그 맑은 눈빛이 가슴 한편에 심어진 듯하다. 그 정도로 그 검은 눈동자가 발하는 빛은 강력하고, 그리고 슬퍼 보였다.

'그분이 황제 폐하…….'

생각하던 모습과는 달랐다.

'그분이 그런 심한 짓을 한단 말이야?'

이령의 머릿속에 어제 보았던 '새신부 납치' 광경이 떠올랐다.

어제도 수도 화양(華陽)은 많은 사람으로 붐비고 있었다. 초대 황제인 고조(高祖)가 이 나라를 통일한 지도 이제 곧 십 년이다. 오랫동안 이어지던 전란의 시대가 끝나고, 사람은 오랜만에 찾아온 평화를 입 모아 칭송하고 있다. 고조가 붕어하고 그 아들인 왕상(王翔)이 이대 황제 자리에 오른 지금도 그것은 변함없다. 이령이 살고 있는 이 거리에도 시장이 서고 노점이 빽빽이 늘어서서 물건이 넘치고 있다.

이령도 익숙한 손놀림으로 채소가게와 콩가게 사이에 자리와 판을 깔고 가게를 열 준비를 하고 있는데 뒤에서 목소리가 들렸다.

"요금(瑤琴), 나왔어?"

단골인 주(周) 아주머니다.

이령의 얼굴에 빙긋 미소가 번진다.

"아줌마, 오늘도 날씨가 좋네요."

'요금'이란 이령이 열다섯 살 때 어른이 된 표시로 받은 자(字)이다. 어른이 되어 자를 받으면 특별한 경우를 빼고는 누구나 이름이 아닌 자로 불린다.

"넌 정말 늘 활기차구나."

"그게 유일한 장점인 걸요."

그렇게 말하며 이령은 언제나처럼 그릇에서 호떡(胡餠) 다섯 개를 꺼내어 주 아주머니가 가지고 온 그릇 위에 올려 주었다. 호떡은 밀가루를 반죽하여 큰 화덕 안쪽에 붙여 구워낸 것이다.

"밀을 가루 내어 반죽하다니 어쩜 그런 생각을 했을까?"

보리나 밀은 원래 알갱이 채로 삶고 쪄서 먹는 것이 보통으로, 그것도 가난한 농민들밖에 먹지 않는 것이었다.

감탄하며 말하는 주 아줌마에게 이령이 웃으며 대답했다.

"서쪽에 오래 살았던 사람한테 배웠어요."

"서쪽이라니? 희국 말이야?"

희국. 황제 폐하와 고조의 손에 멸망한, 지금은 어디에도 없는 나라.

그리고 이령이 태어난 나라. 하지만 주 아줌마는 그 사실을 모른다.

"그보다 더, 훨씬 더 서쪽이에요."

"희국보다 서쪽?"

"네. 거기 사람들은 머리카락과 눈동자 색깔이 밝고 다

들 호떡 같은 걸 먹는데요."

"상상이 안 가네."

고개를 갸웃거리는 아주머니를 보고 웃으며 이령은 거리를 바라보았다.

이령은 어렸을 때라 이야기로 들었을 뿐이지만, 전쟁 중에는 군량미를 마련하느라 무거워진 세금 탓에 농민은 물론, 이곳 수도에 사는 서민들도 꽤 힘들게 살았다 한다. 무엇보다 전쟁의 기운이 나라 전체를 짓눌러 사람들의 마음이 자연스레 어두워져 있었다.

만약 고조가 무력으로 다른 나라들을 제압하고 전란 중인 나라들을 통일하지 않았더라면, 지금 이곳에도 이렇게 시장이 서지는 못했을 것이다.

그 때문에 나라가 사라져 버린 것은 슬프지만, 어쩔 수 없다. 그것도 세상의 흐름일 뿐. 전쟁이 계속되는 것보다는 이편이 낫다. 그래, 훨씬 낫다.

"평화라……."

무심코 중얼거리자 주 아주머니가 어깨를 움츠렸다.

"황제 폐하께 감사해야 하는 걸까?"

"아마도, 그렇겠죠."

"호색한에 잔혹한 성품이라지만, 전쟁을 즐기는 것보단 낫겠지."

황제 폐하에 대해서는 왜인지 안 좋은 소문만 들려왔지만, 그래도 젊은 황제가 제위에 오른 후 국민의 생활이 조금씩 활기를 찾고 있는 것은 사실이었다.

새롭게 도로가 생기고, 지도를 정비하여 사람과 물건의 왕래가 수월해졌다. 법이 개정되고, 화폐와 저울이 통일되었다.

여러 나라가 난립했던 시대에는 화폐, 저울, 문자, 법률이 나라마다 달랐다.

하지만 여러 개의 작은 나라가 모여 커다란 나라가 된 지금은 환전이 필요 없어졌고 이 나라에서는 무죄인 사람이 저 나라에서 유죄가 되는 혼란도 사라졌다. 수도에서 내려진 칙령은 잘 정리된 도로를 따라 지방까지 순식간에 전달되었고 이제 모두 같은 문자를 쓰고 있기 때문에 누구나 그 내용을 읽을 수 있었다.

하나부터 열까지 황제가 한 일이다.

황제란 이 큰 나라의 정점에 홀로 군림하는, 엄청난 존재인 것이다.

'어떤 사람일까?'

이령은 그 모습을 머리에 그려보려다 금세 포기했다.

황제 폐하는 저 먼 곳, 구름보다 높은 곳에 사는 사람이다. 거리에서 호떡을 팔며 몇 푼씩 버는 이령과는 사는 세계가 너무나도 달라 상상도 되지 않았다.

"참, 동생이 궁에서 일하게 되었다면서?"

"네! 정(鄭) 아저씨가 궁중 관리에게 추천해 주셨어요."

정 아저씨는 이 동네의 유지이다. 몇 대에 걸쳐 큰 장사를 하고 있는 사람으로 궁중의 높은 사람들과도 꽤 친하다.

“이제 너도 마음 놓고 시집갈 수 있겠구나.”

이령은 고개를 가로저었다.

“아직 아니에요. 관리가 되면 돈 들 일도 꽤 있고, 동생이 제 몫을 하게 될 때까지는 못 가요.”

“그런 소릴 하고 있다간 시집갈 곳도 없어져 버릴지 몰라. 곧 혼인하는 장(張)씨네 채(采)도 너보다 세 살이나 어리잖아.”

“괜찮아요, 저는. 동생이 훌륭한 관리가 되면 그걸로 족해요.”

“너도 참…….”

질린 듯 어깨를 들썩이는 아주머니를 보고 이령은 작게 웃었다.

남동생 이량은 얼마 전 십칠 세가 되어 성인으로서 ‘자영’ 이라는 자를 받았다. 어려서부터 똑똑하고 글재주가 뛰어난 동생은 그녀의 큰 자랑거리였다.

동생의 비범한 재능을 더 키워주려고 온 힘을 쏟았다. 더 좋은 학교에 보내고 책도 아낌없이 사주었다.

날이 밝기도 전에 일어나 만든 호떡을 시장에 내다 파는 것도 모두 동생을 위한 일이다. 동생은 돈 걱정 하는 일이 없었으면 했다. 그럴 여유가 있으면 공부에 몰두하길 바랐다.

그에 보답하듯 이량은 황제 폐하의 정사(政事)를 보좌하는 상서성의 관리에 추천되었다. 지금은 직책도 없는 일개 하급관리이지만 재능 넘치는 동생이라면 머지않아 틀림없이 출세할 것이다. 이령은 조금도 의심치 않았다.

'조금만 더, 이제 곧 어머니와의 약속을 지킬 수 있어.'

전란의 불길에 휩싸인 희국에서 이량과 단둘이 탈출할 때, 어머니는 이령의 손을 꼭 잡고 말했다.

"누나인 네가 량이를 지켜야 한다."

눈물 고인 어머니의 눈동자가 빛나고 있었다. 자신의 앞날을 너무도 잘 아는 자의 눈빛이었다. 어린 눈에도 그것이 보였다.

그것이 이 세상에서 마지막으로 본 어머니의 모습. 떠올릴 때마다 마음이 아프다.

하지만 어머니는 자신의 사랑에 따랐을 뿐이다. 무너져 가는 희국과 운명을 함께하려 했던 아버지를 따라 죽음을 택했다.

그 정도로 아버지를 사랑할 수 있었던 어머니가, 이령은 좀 부러웠다.

'언젠가 나도, 그런 날이 올까?'

목숨을 걸 만큼 사랑하는 사람을 만나게 되는 날이 올까?

문득, 주변이 시끄러워졌다.

누가 싸움이라도 하고 있나 했더니, 궁전을 지키는 호위병의 붉은 옷이 눈에 들어와 이령은 눈썹을 찡그렸다.

이령과 마찬가지로 떫은 얼굴을 한 주 아주머니가 낮게 속삭였다.

"또 새 신부를 납치하는구먼."

여러모로 악명 높은 황제이지만 가장 유명한 것이 '새 신부 납치' 다.

젊은 황제는 엄청난 호색한이라 후궁에는 황제만을 위해 온 나라에서 모아놓은 미녀가 오천 명도 넘는다 한다. 그것으로도 모자라는지 가끔 궁중 관리가 이런 저잣거리까지도 새로 후궁으로 들일 만한 어린 처녀가 없는지 찾으러 온다.

병사들은 그 관리를 호위하고 있다. 새 신부를 납치하러 오는 관리는 붉은 옷의 호위병을 여럿 거느리고 오기 때문에 멀리서 봐도 눈에 띈다.

시장에 있는 사람들이 좌우로 갈라졌다. 뻥 뚫린 그 길로 관리와 병사들이 행진한다. 그 행렬 속에 익숙한 얼굴을 발견하고 이령은 숨을 삼켰다.

"저건 채잖아……!"

장씨 아저씨네 채가 선택된 것인가. 확실히, 작은 몸집에 화사한 느낌의 채는 예쁜 용모를 하고 있어 관리의 눈에 들 만하다. 그렇지만…….

"이제 곧 시집갈 몸인데, 너무해!"

주 아주머니가 이량의 소매를 당기며 나무랐다.

"쉿, 관리 귀에 들어가면 너도 어떻게 될지 몰라."

"하지만……."

"관리에게 거역하면 안 돼. 다 황제 폐하의 명대로 하고 있는 거니까."

이령은 입술을 깨물며 마치 죄인처럼 끌려가는 채를 바라보았다.

아마도, 엎드려 빌었으리라. 채의 소매와 무릎 부분이 흙으로 얼룩져 있었다. 눈물 고인 눈가가 새빨갛다.

시집간다는 말을 듣고 축하해 주었을 때, 부끄러운 듯 미소 짓던 그 얼굴이 떠올랐다. 그렇게 행복해했는데…….

"……용서 못해."

멀어지는 붉은 행렬을 바라보며 이령은 낮게 중얼거렸다.

"다른 후궁도 얼마든지 많이 있을 텐데. 싫다는 사람을 억지로 끌고 가다니 너무해요. 호색에도 정도가 있지."

복받치는 화를 억누르며 말하자 주 아주머니가 힘없이 웃었다.

"뭐, 좋게 생각하면, 황제 폐하는 후사가 없으니 서두르시는 걸지도 몰라."

젊은 이대 황제에게는 아직 한 명도 아이가 없다. 형제도 없다. 자신이 황제 자리에 오르는 데 장애가 되지 않도록 피가 이어진 형제를 자신의 손으로 모두 숙청했기 때문이다.

황제 폐하의 혈연은 부친인 고조가 돌아가심으로써 전무해졌다. 태자 자리는 완전히 비어 있다. 만약 지금 황제 폐하의 신상에 문제가 생긴다면 다시 이 나라는 전란에 휩싸일 것이다. 통일되었다곤 하지만 아직 그 토대가 단단하다고 보기는 힘들다. 나라 밖에는 오랑캐도 있다. 황제가 없어지고 그 후사를 이을 사람도 없는 상황이 된다면 순식간에 이 나라를 침략해 올 것이다.

그렇게 생각하면 후사는 정말 중요하다.

아무리 그래도, 이건 별개의 이야기다.

"역시 용서 못해."

황제 같은 높은 사람에게는 작디작은 존재일지 모르나, 무리하게 끌려가게 된 여자에게도 마음은 있는 것이다. 누군들 좋아서 노리개 거리가 되고 싶겠는가?

분노를 감추지 못하는 이령에게 주 아주머니는 걱정스러운 눈길을 던졌다.

"요금아, 너도 조심해야 한다. 남의 이야기가 아닐 수 있어."

이령은 눈을 크게 뜨고 소리 내어 웃었다.

"아유, 그럴 리가요. 내가 황제 폐하의 후궁이라니. 후궁은 미인이어야 하는 거 아니에요? 아줌마 눈엔 내가 미인인가 보네?"

빛바랜 통 소매 옷에 같은 색의 바지. 얼굴에는 화덕 불에서 나온 숯검정이 묻어 있다. 유일하게 자랑할 만한 윤기 있는 머리카락은 묶어 올려 두건으로 감쌌다.

도저히 한창때 어린 처녀의 모습은 아니었다. 키도 큰지라 어쩌면 소년처럼 보일지도 모른다.

"그거야 뭐……."

"걱정해 줘서 고마워요. 그래도 지금까지 말 한번 안 걸어오던 걸요? 내 앞은 그냥 지나가요."

주 아주머니가 한숨을 쉬었다.

"불행인지 다행인지, 원."

"됐어요. 후궁으로 끌려가다니, 안 예쁜 게 얼마나 다행인지 몰라요."

태연히 대답하자 아주머니의 입에서는 한층 더 깊은 한숨이 새어나온다.

"뭐, 그런 점이 네 장점이긴 하다만."

"헤헤, 고마워요. 아줌마."

"정말 괜찮니? 혹시 시집갈 마음이 생기면 언제든 이야기해. 좋은 사람 소개해 줄 테니."

"……네."

"동생을 위하는 것도 좋지만 조금은 네 앞날을 생각해야지."

그렇게 말하고 돌아서는 아주머니의 뒤에서 손을 흔들면서 이령은 툭 내뱉었다.

"좋은 사람이라……."

사실 그녀의 마음속에도 그런 동경은 있다.

이령의 아버지와 어머니는 주변 사람들이 부러워할 정도로 금실이 좋았다. 그렇게 붙어 지낼 수 있는 누군가를 만난다면 좋겠지만…… 이령은 금방 그런 생각을 떨쳐 버렸다.

안 돼, 안 돼. 그보다 지금은 량이만 생각해야지. 량을 훌륭한 사람으로 만드는 것이 먼저다.

확실히 황제는 정말 잔학무도한 데다 호색한이다. 하지만 아버지도 없는 지금, 아무런 뒷배도 없는 량이가 실력으로 출세할 수 있는 길은 궁중 관리밖에 없다.

다행히 량은 넘칠 정도로 총명하다. 아무리 그런 황제라도 량이처럼 재능 있는 신하를 허투루 쓰지는 않으리라.

그렇게 이량이 훌륭한 관리가 되고 착한 아내를 얻으면 이령의 도움이 더 필요 없을 것이다. 그때가 되면…….

생각해 보려 했지만 생각나지 않았다.

아마도 지금처럼 이렇게 시장에서 호떡을 팔고 있지 않을까. 여자 혼자 하는 벌이야 시원찮겠지만 혼자 먹고살기에는 부족하지 않을 것이다.

그런 결론에 이르자 이령은 노점을 정리하기 시작했다. 매일 하는 일인지라 손놀림이 익숙하다. 금방 가게를 접고 빈 그릇을 짊어지고 이모의 집으로 향했다.

이모는 돌아가신 어머니의 동생이다.

멸망 직전의 희국에서 손을 잡고 도망 나온 후, 이령과 이량은 이모 댁에 신세를 지고 있었다. 이모부는 옷감을 파는 상인이다. 옛날에는 훨씬 넓게 거래를 하고 있었던 듯하지만 이령의 아버지가 희국을 위해 목숨을 버린 일이 이모부에게까지 영향을 미쳐, 기존의 거래처들을 잃었다고 한다. 하지만 단 한 번도 이령 남매에게 매정하게 대하는 일 없이 아껴주었다.

호떡을 팔고 싶다고 이령이 말을 꺼냈을 때 노점 자리를 관리하는 주인에게 이야기해 준 것도 이모부였다. 매상의 얼마라도 이모부에게 드리려 했지만 이모도 이모부도 도무지 받아주지 않는다. 이 집에 있는 동안 이령도 이량도 본인들의 자식이라며, 당연한 일을 하고 있을 뿐이라는 말에 이령은 물러날 수밖에 없었다.

전란에 부모를 잃은 것은 슬프지만 이런 이모와, 이모부를 둔 것은 정말 행운이었다.

이모 부부가 있어 지금까지 풍족하진 못해도 남부럽지 않게 살아올 수 있었다.

'언젠가 꼭 은혜를 갚아야지.'

동생이 어엿한 한 사람 몫을 하게 되면, 그다음은 이모와 이모부께 은혜를 갚아야 한다.

역시, 결혼 따위 생각할 여유는 없을 듯하다.

그릇을 정리하고 방에 돌아가려는데 동생이 돌아왔다. 얼마나 급하게 뛰어온 것인지 숨을 헉헉댄다.

"누나, 이제 왔어?"

"응, 량아. 왜 그래? 무슨 일 있니?"

동생의 얼굴을 보는 순간 저도 모르게 미소가 번진다.

사람은 누구나 두 개의 이름을 지니고 있다.

태어났을 때 받는 휘(諱)와 어른이 되어 받는 자(字)가 그것이다.

이령이 십오 세 때 '요금' 이라는 자를 받은 후 이웃사람, 지인들은 물론 이모와 이모부도 그 이름으로 이령을 불렀다. 휘로 부르는 것은 상당한 실례이기 때문이다.

휘로 불러도 되는 것은 가족, 친한 친구 등 정말 특별한 극히 소수의 사람뿐. 그렇지 않으면 군주가 신하를 부를 때 정도로, 그 외에는 허락되지 않는다.

지금 '령' 이라는 이름으로 그녀를 부르는 것은 동생뿐이다.

량도 마찬가지다. 십칠 세가 되던 해 량은 '자영' 이라는 이름을 받았고 사람들은 그 이름으로 이량을 부른다.

휘인 '량' 으로 부르는 것은 누나인 이령뿐.

부모가 없는 지금, 이량만이 이령의 가족이었다.

이량은 누나의 얼굴을 보고 다소 표정이 누그러졌지만, 목소리는 여전히 굳어 있다.

"오늘 시장에 관리들이 왔었지?"

숨을 몰아쉬며 무슨 엄청난 이야길 하나 했는데 갑자기 '새신부 납치' 이야기라니, 엉뚱하기 짝이 없다.

의아해하며 이령이 고개를 끄덕였다.

"응, 왔었어. 알고 있었구나."

"다들 수군거리니까. 그래서 걱정돼서 달려온 거야."

"걱정? 무슨 걱정?"

되묻자 이령이 목소리를 높였다.

"무슨 걱정이라니 누나 걱정이지."

"엥? 나?"

"시장에서 젊은 처녀 하나가 끌려갔다 하니 혹시 누나 아닌가 해서……."

"그래서 이렇게 달려온 거야?"

량의 말에 이령은 자기도 모르게 웃음이 터졌다.

"뭐야. 량이도 참, 그럴 리가 없잖아."

"그래도……."

"황제는 미인만 좋아하잖아. 나 따위가 눈에 들겠어?"

당연하다는 듯 말하는데 이량이 곧장 반박했다.

"그렇게 말하지 마. 난 걱정돼서 죽는 줄 알았다고!"

"량아……."

"누나가 얼마나 예쁜데. 그런 때 탄 남자 옷 말고 좋은 옷을 입고 비녀라도 꽂으면 당장 후궁으로 뽑힐 만큼 예쁘다고."

제 눈에 안경인지도 모른다. 피가 이어진 이량인지라 눈에 콩깍지가 씌어 냉정히 못 보고 있는 것뿐이다.

그렇다 해도 동생의 말이 기뻤다. 그만큼 누나를 생각해주는 동생의 마음이 전해져 왔다.

"고마워, 량아."

어릴 때부터 그랬듯 동생의 이름을 부르자 량의 얼굴빛이 확 어두워졌다.

"……내 탓이지. 누나가 힘들게 번 돈도 다 나한테 쓰고. 나 때문에 누나는 고운 옷도 못 입고, 비녀도 못 사고, 시집도 못 가……."

"아니야."

이령은 양손으로 이량의 오른손을 감싸 쥐었다.

"량아, 너는 그런 생각하지 마. 다 내가 하고 싶어서 하는 일이야."

"누나."

"네가 훌륭한 관리가 되면 나는 그걸로 괜찮아. 네 행복이 내 행복이야. 게다가, 난 돌아가신 어머니와 약속했는걸. 누나인 내가 동생을 지키겠다고. 그러니 량아, 내가 그 약속을 지킬 수 있게 해줘."

지그시 동생을 바라보자 이량도 누나를 바라보았다.

서로를 마주 보는 갸름한 눈매는 어머니를 닮은 것으로, 쌍둥이라 해도 좋을 정도로 닮았다. 키도 크게 차이나지 않아 시선의 높이도 같다. 나란히 걷고 있으면 곧잘 쌍둥이로 보기도 했다.

하지만 그것은 이량이 아직 덜 자랐기 때문이다.

여자는 남자보다 훨씬 빨리 성장한다. 여자는 십오 세, 남자는 십칠 세가 되어야 성인으로 인정받는 것은 그 때문일지도 모른다.

어쨌든 이량도 성인이 된다. 키가 크고 어깨가 넓어지고 가슴도 두터워질 것이다.

이렇게 쌍둥이 기분을 낼 수 있는 날도 얼마 남지 않았다.

'조금만 지나면 량이가 나를 내려다보게 되겠지.'

즐겁기도 아쉽기도 한, 조금 복잡한 마음이다.

문득, 이량이 시선을 피하며 손을 놓았다. 이령의 양손에서 이량이 빠져나갔다.

"……누가 끌려간 거야?"

그렇게 묻는 동생의 눈빛은 지금까지 본 적 없을 정도로 아득했다.

이령의 가슴속에서 무언가가 꿈틀거렸다.

'뭐지? 이 두근거림은?'

이유를 알 수 없었다.

기분을 가라앉히지 못하고 이량이 대답했다.

"장씨 아저씨네, 채가 갔어."

"뭐? 정말이야?"

"이런 걸 거짓말할 리 없잖아. 진짜야."

"얼마 안 가 결혼하려 했잖아. 그런데 왜?"

"황제 폐하한테는 그런 일이 별것 아니겠지. 온 나라의 여자란 여자는 다 자기 것이라 생각하나 봐."

그러자 이량은 표정이 한층 어두워지며 고개를 떨어뜨렸다. 입에서 새어나온 말도 무겁기 그지없었다.

"나, 이대로 괜찮은 걸까……?"

"무슨 말이야?"

"자기 욕심으로 백성을 괴롭히는 건 군주답지 못한 일이야. 나는 그런 황제를 존경할 수 없어. 과연 내가 그런 황제를 모실 수 있을까?"

이령은 표정을 바꾸고 동생의 소맷자락을 잡았다.

"그게 무슨 말이야. 누가 들으면 어쩌려고."

"누나도 알잖아. 고조가 희국을 짓밟았을 때, 지금의 황제도 그 자리에 있었어. 우리 부모님은 황제 폐하 손에 돌아가신 거나 마찬가지야."

"량아!"

야단치듯 이름을 부르자 이량이 입을 닫았다.

동생의 마음은 이해할 수 있다.

아버지 이광은 원래 고조의 여동생인 공주를 모시던 문관이었다. 청렴하고 견식이 풍부한 이로, 거문고 명인으로도 이름을 날렸다 한다.

공주는 그런 이광을 그녀가 희국으로 시집갈 때 데려갈 사람으로 가장 먼저 꼽아 중용했다고 한다.

당시 서방의 대국인 희와의 관계는 악화 일로로 치닫고 있었다. 공주와 희국 왕세자를 결혼시키며 관계 회복을 꾀했지만, 결과적으로 고조의 침략에 의해 희국은 멸망하게 되었다.

그때 고조는 공주에게 희국을 떠나라고 재촉했다 한다.

하지만 공주는 오라비의 뜻을 저버렸다. 비록 정략결혼이었지만 공주는 부부의 연을 맺은 희국 왕세자와 정말 깊이 사랑하고 있었던 것이다.

공주는 사랑을 따라 희국과 운명을 같이했다.

그리고 이령의 부모도 공주를 뒤따랐다.

그 생각을 하면 지금도 마음이 저려왔다. 하지만…….

"그건 전쟁이었으니까."

이령은 굳어진 입을 열었다.

"이제 전쟁은 끝났고 평화롭잖아. 그래서 우리도 안심하고 살 수 있는 거야. 농지도 더는 불타지 않고 시장에는 물건이 넘쳐. 전쟁 때문에 일손이 달릴 일도 이제 없잖아."

"그야 그렇지만……."

"이 평화는 황제 폐하 덕분이야. 황제 폐하가 없으면 또 전쟁이 일어나겠지. 난 이제 전쟁은 두 번 다시 겪고 싶지 않아."

희국에서 도망치던 일이 생각난다.

여기저기서 불길이 치솟았다. 병사들의 함성이 공기를 뒤흔들고, 적을 향해 달려가는 말과 사람들이 대지를 흔들었다.

"……미안해, 누나."

이량이 고개를 떨어뜨렸다.

"좀 감정적이 되어버렸네."

"괜찮아."

"그래. 나는 황제 폐하를 모시는 게 아니라 이 나라의 평화를 위해 일한다고 생각하면 되겠네."

"량아……."

미소 짓는 이량의 눈빛은 이령이 모르는 사람의 것인 양 느껴졌다.

이때 좀 더 진지하게, 깊게 생각했더라면…….

"여기입니다."

그 말에 이령은 정신을 차렸다.

눈앞에 있는 것은 철쭉에 둘러싸인 간소한 건물.

올려다보니 조전이 가깝게 보였다.

넓고 넓은 천성궁 중에서도 가장 높은 곳에 있는 것이 조전이다. 그 장려한 이층 건물군은 수도 어디에서나 올려다볼 수 있었다. 황제 폐하가 이 조전에서 머물며 정무를 본다.

머리 위를 덮듯 솟아 있는 조전의 위용에 압도되며 이령은 서둘러 소천의 뒤를 좇았다.

안내받은 곳은 작지만 잘 정돈된 안뜰과 맞닿은 밝은 방. 신기함에 주위를 두리번거리고 있자 노파가 수반을 날라왔다.

소천은 직접 수반을 받아들고 이령 앞에 내밀었다.

"이걸로 세수부터 하세요."

수반에 비친 이령의 얼굴에는 '나는 이 세상에서 가장

못난 놈입니다. 죄송합니다' 라고 쓰여 있었다.

그것도 얄미울 정도의 달필로.

"꺄악~!"

이령은 비명을 지르고 서둘러 얼굴을 씻었다.

옆에서 마른 수건을 내밀었다. 얼굴을 닦고 저도 모르게 우는 소리를 내뱉었다.

"이런 얼굴을 하고 다녔다니. 창피해 죽겠네……."

소천이 천연덕스럽게 말했다.

"다행이 아닙니까. 그 정도 벌로 끝난 것이."

"그야, 그렇지만……."

"아니면, 참수라도 당하고 싶었던 모양이지요? 아쉽습니까?"

"그, 그럴 리가요!"

소천의 말에 새삼스럽게 한기가 느껴졌다. 정말 죽지 않은 게 다행이었다.

황제 폐하는 피도 눈물도 없는 분. 그대로 목이 달아났어도 이상하지 않다.

눈앞의 이 아름다운 사람이 거기서 구해준 것이다. 이 사람이 우스꽝스러운 장난으로 그 자리를 수습해 주었다. 이령도 그걸 모를 정도로 바보는 아니다.

"저……."

이령은 말을 걸려다 머뭇거렸다.

황제 폐하는 이 사람을 '소천' 이라 불렀다. '천' 은 아마도 휘일 것이다.

군주가 신하를 자로 부르는 일은 드물다. 하지만 이령은 이 사람을 휘로 부를 수 없다. 엄청난 실례이다. 그렇지만, 자는 알지 못하고…….

할 수 없이 이령은 '마마' 라고 부르기로 했다.

후궁에는 온 나라에서 모인 미녀가 오천 명이나 모여 있다 한다. 이 사람은 필시 그중 하나이리라. 황제의 바로 옆에서 걷고 있었던 것을 보면 특히 총애 받는 후비임이 틀림없다.

그런데…….

"마마님, 아까는 감사했습니다."

이령이 무릎을 꿇고 양손을 모아 깊게 고개 숙이자 소천이 이상하다는 듯 웃음을 터뜨렸다.

"마마?! 나를 부르는 것입니까?"

"아, 네……. 황제 폐하의 비전하가…… 아니십니까?"

"비전하? 내가?"

소천의 말이 거기서 끊긴 것은 터져 나오는 웃음을 참지 못했기 때문이다.

소천은 배를 잡고 어깨를 들썩이며 웃었다. 잘 보니 눈꼬리에 눈물마저 고여 있다.

'뭐지? 내가 뭐 이상하게 말했나?'

이령이 머뭇거리자 겨우 웃음을 그친 소천이 눈에 맺힌 눈물을 늘씬한 손가락으로 훔치며 불평하는 어조로 말했다.

"황제 폐하께 그리 말해보세요. 아주 볼 만한 표정을 지으실 겁니다."

"네? 그럼……?"

눈부시게 아름다운 얼굴에 방긋, 미소가 떠오른다.

"내 이름은 소계국(蕭季國)."

그럼, 이 사람의 자는 '계국' 인가 보다.

"사람들 앞에서는 중상시라 부르세요."

"네, 중상시님."

"참고로, 중상시란 황제 폐하를 곁에서 모시는 직책으로, '잠실(蠶室)에 보내졌던 사람' (잠실의 누에치는 사람들이 모두 여자였으므로 이곳의 감독관으로 궁궐의 환관, 즉 내시를 보내어 누에고치의 생산실적을 점검하게 하였다. 중국 한나라 때 사마천이 쓴 『사기』를 일명 잠사(蠶史)라고 하는데 이것 역시 그가 궁형, 즉 남성 성기를 제거당하는 형벌을 받고 잠실에 보내져서 그곳에서 사기를 집필하였기 때문이다)들이 하는 일이지요."

소천의 말에 이령은 숨을 들이켰다.

"잠실에 보내졌던……."

그 말인즉슨, 궁형에 처해졌다는 것이다.

그렇다면 이 사람은 환관이다. 형벌로 남성의 상징을 잃어버린 자, 여자도 남자도 아닌, 어찌 보면 사람도 아닌 괴물이다.

이령은 자기도 모르게 소천을 뚫어져라 쳐다봤다.

환관을 처음 보는 것은 아니다. 희국에도 환관은 있었고 주인을 바로 곁에서 모시는 환관의 존재는 왕과 가까이 지내는 자라면 익숙한 존재였다.

하지만 이렇게 아름다운 사람은 여태껏 본적이 없었다.

'이렇게 고운 사람이 대체 무슨 죄로 환관이 되었을까?'

물어보고 싶었지만 그럴 수는 없었다. 그저 이 아름다운 사람에게 강요된 그 운명이 슬프게 생각될 뿐이었다.

"어쨌건, 폐하께서 그대에게 일을 가르치라 명하셨으니 그 책무를 다해야겠지요."

그렇다. 멍하니 있을 때가 아니었다. 문제는 전혀 해결되지 않은 상황이었다.

아무리 생각해도 황제 폐하의 뜻을 감사히 받들 수는 없었다.

이량은 문장도 뛰어나고 글도 잘 쓴다. 예정대로 상서성에서 일했다면 그 재능을 막힘없이 펼쳐 출세도 어렵지 않았을 것이다.

그것이 이량에게 최상의 길이라고 지금도 굳게 믿고 있다.

자신의 실수로 동생의 미래가 꼬여 버린 것 같아 견딜 수가 없었다.

'어쩐담…….'

황제 폐하를 붙들고 상서성에 다시 보내달라고 해볼까? 우선 눈앞의 이 사람에게 좀 부탁해 볼까?

"그게 말이죠……."

그런데 이령이 채 말하기도 전에 소천이 척 하고 가로막아버렸다.

"안 됩니다."

"아직 아무 말씀 안 드렸는데요."

"무슨 생각을 하는지 다 들여다보입니다."

"……제발 부탁드립니다!"

"참으로 분별없는 말을 하는군요."

소천의 고운 입술에서 한숨이 새어나왔다.

"잘 들으세요, 이자영. 이 나라에서 가장 높은 분이 누구입니까?"

"……황제 폐하십니다."

"그렇지요. 황제 폐하는 이 나라의 정점에 군림하며 모든 권력을 손에 쥐신 유일무이한 존재. 그대 같은 일개 하급관리도 예외는 아니지요. 그 누구도 폐하의 명을 거역할 수는 없습니다."

"그렇지만……."

그때 살짝, 달달한 향이 이령의 코를 간질인다. 소천이 옷에 베인 향. 정신 차리니 소천이 코앞에 와 있었다.

"주, 중상시님."

당황한 이령의 귓가에 소맷자락으로 가린 입술을 대고, 소천이 간지럽게 속삭였다.

"잘 들으세요, 이자영. 계속 그리 분별없이 굴면, 비밀을 폭로해 버리겠습니다."
"내…… 비밀?"
"그대, 여자이지요?"
순간, 눈앞이 캄캄해졌다. 온몸에 쫙 피가 빠진 듯, 무릎에 힘이 풀렸다.
어안이 벙벙해진 이령이 털썩 주저앉아 버렸다.
"어, 언제부터, 아셨습니까?"
목소리가 딱딱하게 굳었다. 발끝에서 떨림이 올라왔다.
"한눈에 알아보았지요."
소천이 말했다.
"나 말고는 아무도 눈치채지 못했을 겁니다. 나야 그런 쪽은 워낙 날카로운지라."
그것은 소천이 남자도 여자도 아닌 몸이라서일까? 그렇다고 해도 무서운 일이었다.
"무슨 연유가 있겠지요?"
소천의 물음에 이령은 느릿느릿 고개를 들었다.
"그대는 누구입니까?"
"……저는 이령이라 하옵니다. 자는 요금. 이자영의 친누이입니다."
"그래, 이요금. 왜 이자영이 아닌 그대가 여기에 있는 거지요?"
"그것은……."
더 이상 거짓을 말할 수는 없었다. 거짓말이 서툴기도 했고 운 좋게 이 상황을 넘길 수 있다 한들 소천은 금방 알아챌 것이다.

"실은, 동생이 가출을 해버렸습니다."

"가출이라?!"

"네, 오늘 아침 편지 한 통만 남기고 사라졌습니다."

이량의 방은 깨끗이 정돈되어 있었다. 방주인의 기척까지 모두 청소해 버린 양, 지독히 냉랭했던 방 안에 남겨진 것은 단 한 통의 편지.

제멋대로인 저를 용서해 주십시오.

이령은 우선 경악했다가, 다음은 멍하니 있은 후, 망연자실해졌다.

정씨 아저씨에게 이 사실을 알릴 수는 없었다. 출사 당일에 가출이라니, 모처럼 추천해 준 정씨 아저씨가 얼굴에 먹칠을 당했다며 격노할 모습이 눈에 선했다.

마을 유지인 아저씨의 눈 밖에 나게 되면 이량의 입장이 위태로워지는 것은 물론, 이모부의 장사에도 해가 될 것이 뻔했다.

이모부와 이모에게는 지금까지도 엄청나게 신세를 져 왔다. 자신들의 일로 이 이상 폐를 끼칠 수는 없었다.

그럼 어찌해야 할까. 내가 무엇을 할 수 있을까. 생각 끝에 내린 결론이 스스로 이량이 되어 출사하는 것.

동생과는 쌍둥이처럼 보일 정도로 닮았다. 남장을 한다면 분명 더 구분이 되지 않을 것이다. 그야말로 어지간히 가까운 사람이 아닌 이상 알아보지 못할 정도로.

자신들에게는 이모 댁 이외에 다른 친척도 없고, 이량이 갈 만한 곳은 없었다. 이모부께 부탁하면 분명 금세 찾을 수 있으리라.

괜찮다. 그동안만 어찌어찌 넘기면 모두 해결될 것이다.

그럴 예정이었는데…….

"과연, 그랬군요."

이령이 숨김없이 모두 말하자, 소천이 웃었다.

"정말 무모한 생각을 하였습니다."

정말 그럴지도 모른다. 하지만 그때는 다른 길이 없었다.

"그런 연유로 수재만 모인다는 상서성에 그대 같은 반푼이가 들어갔단 말이지요. 결국, 수재는 동생 쪽이라는 거군요."

"……네."

"황제 폐하는 부정을 끔찍이도 싫어하십니다. 만약 그대가 뇌물이라도 써서 상서성에 들어온 것이라면 그대는 물론 그걸 받은 놈도 같이 처벌해야 하겠지만……."

소천의 말에 이령은 떨고 있었다.

"저는 어찌하면 좋을까요……?"

속에 있던 이야기를 다 하고 나니 몸에 남아 있던 힘이 다 사라져 버린 듯하다. 팔도 다리도 머리도, 멍멍한 것이

기운이 없다. 저도 모르게 내뱉은 말도 들릴 듯 말 듯 했다.

하지만 소천은 여전히 엄격하다.

"어쩌겠습니까. 폐하 곁에서 수발할 수 있도록 이자영을 교육하라고 명받은 이상, 나는 그 명을 받들 수밖에 없습니다."

"저는 이자영이 아닙니다."

"그럼, 진짜 이자영을 지금 데려오겠습니까?"

"그, 그것은……."

이령은 말문이 막혔다. 그럴 수 있다면 이 고생을 왜 하겠는가.

"어쩔 수 없지요. 그대가 계속 동생인 척하는 수밖에."

"그렇지만……."

"싫으면, 도망이라도 치렵니까? 뭐 그것도 괜찮겠지요. 하지만 이대로 이자영이 사라지면 어떤 소동이 일어날까요? 안 그래도 암살자로 의심받은 이 마당에, 폐하께서 배려하는 마음으로 곁에서 모실 기회를 주셨는데, 도망친다면 스스로 암살자임을 증명하는 것과 무엇이 다를까. 그리 되면 그대의 일족도 목숨을 부지하기는 힘들 것입니다. 부모 잃은 남매를 거두어준 친척도 모두 참형이나 거열형(車裂刑, 수형자의 두 팔 · 다리 및 머리를 각각 매단 수레를 달리게 하여 신체를 찢는 형벌. 환형이라고도 한다), 아니면 호랑이 먹이가 될지도……."

무시무시한 말이었다. 듣는 만으로도 정말 머리가 잘리

고 사지가 찢긴 후 호랑이 먹이가 된 듯한 기분이었다.

"하아아~"

괴로워하는 이령에게 소천이 냉정하게 말했다.

"이 모두가 그대가 시작한 일, 책임을 져야 하겠지요."

"……네."

"그럼, 다시 묻겠습니다. 그대는 누구?"

"이… 자영…… 입니다."

도리가 없었다. 이렇게 답하는 것 외에는.

이령의 대답에 소천의 표정이 겨우 풀렸다.

"되었습니다."

아마 소천은 이령이 이량의 누이이며 여자인 것도 비밀로 해줄 모양이었다. 그것만으로도 안심이었다. 여자의 몸으로 남장을 하고 궁중에 들어온 것이 알려지게 된다면 어찌 될지 모른다. 이량의 장래에 씻을 수 없는 허물이 남을 것이다.

"감사합니다. 정말 감사합니다, 중상시님."

고개를 들자 소천이 미소 짓고 있었다. 천녀와도 같은 고운 미소. 이령도 따라서 입가에 미소가 번졌다.

"자, 그만하고 일어나세요."

소천이 내민 손을 잡고 이령이 일어섰다. 역시 소천의 손은 여자의 것으로 보기엔 든든하다. 곱지만 남자다운, 이런 것이 환관일까?

"여기는 나의 처소이니, 근처에 그대의 처소를 마련해야겠군요."

"제, 처소를 말입니까? 그럼 여기 사는 건가요?!"

"그렇고말고요. 폐하의 명이 있으면 언제든지 달려가야 하니까. 몸종이란 그런 것 아닙니까."

"하아~"

"필요한 것은 내가 마련해 줄 테니 집에는 편지를 쓰세요. 믿을 만한 사람을 시켜 보내줄 테니. 알겠습니까? 당분간 일 때문에 집에 가지 못한다고 쓰는 것입니다. 쓸데없는 말은 덧붙이지 않도록."

논리정연하게 지시를 내리는 걸 보면, 소천은 아름다울 뿐만 아니라 머리도 엄청나게 좋은 사람인 듯하다.

좀 짓궂긴 하지만, 그래도 믿음이 간다. 황제가 지나는 길을 더럽혔을 때도 기지를 발휘해 이령을 구해주었고, 남장을 눈감아 주는 것도 필시 그 나름대로 생각이 있어서이리라.

괜찮다. 이 사람은 내 편이 되어줄 것이다. 믿고 따라가면 잘 될 것이다.

"그렇지만……."

굳게 마음먹어 보아도 역시 불안은 남았다. 그것이 이령의 목소리를 흐리게 했다.

"또 뭐가 남았습니까?"

그 물음에 우물쭈물 이령이 답했다.

"황제 폐하는 여자를 밝히시고 잔학무도한 분이시라 들

었습니다. 제가 그런 분을 옆에서 뫼실 수 있을까요?"

황제가 제위에 오르자마자 가장 처음 한 일이, 자신의 어머니를 감옥에 가둔 것이라고 한다. 고조의 정비였던 오(吳) 황태후는 황제의 친모이다. 그럼에도 불구하고 사이가 나빴다고는 하지만, 아무리 그렇다 해도 그저 '걸리적거린다'는 이유로 친모를 감옥에 가두다니 이령은 도저히 이해할 수 없었다. 그런 냉혹한 황제를 정말 내가 모실 수 있을까?

문득, 소천의 눈길에 그늘이 드리워졌다.

"호색한에, 잔학무도한 사람이라……."

"수도에 사는 사람들은 모두 그렇게 말을 합니다."

아까 화려한 차림의 관리에게 일갈하던 황제의 거친 목소리가 생생하다.

엄격하고 냉혹한 목소리는 거역하는 자는 누구도 용서치 않겠다고 말하는 듯했다.

고개 숙인 이령을 소천이 차분한 목소리로 타일렀다.

"소문이 사실인지는 이자영, 그대의 눈으로 확인하세요."

"중상시님……."

"모시다 보면 황제 폐하가 어떤 분인지, 싫어도 알게 되겠지요."

"네……."

고개를 끄덕였지만 여전히 자신이 없었다.

그저 불안이 더해갈 뿐이었다.

2장

수도 화양은 두 개의 강이 만나는 곳에 위치해 있다.

물이 풍족한 이 땅은 예부터 요충지로 알려져 있었다.

수량이 풍부한 강은, 바다에서 멀리 떨어진 내륙의 화양에도 바다 쪽의 인력과 물자가 쉽게 도달할 수 있게 해주었다.

나라가 통일되고 전란의 시대가 끝난 증거로, 고조가 화양 천도를 결심했던 것도 당연한 수순이었을 것이다.

천성궁은 그 화양의 중심 고지대에 있다.

문지기가 즐비하게 늘어선 문을 지나 바로 왼편에 나오는 것이 종묘(宗廟), 오른편이 신전(神殿)이다.

종묘에는 선조의 혼령이, 신전에는 하늘의 신이 모셔져

있다.

종묘와 신전의 가운데를 곧장 지나오면 길고 큰 계단이 나타난다. 그 계단 끝에 높게 솟아 있는 것이 황제가 사는 조전이다. 조전의 한가운데쯤에 외조(外朝)라 불리는 큰 방이 있어, 여기서 황제와 환관들이 접견을 한다.

이령은 그 외조의 한편에 서 있었다. 황제 폐하가 옥좌에 앉아 있는 동안 이령이 할 일은 이 자리에 고개를 숙이고 가만히 서 있는 것이다.

"시키실 일이 있으면 폐하께서 부르실 것이다."

소천이 알려주었다.

"알겠느냐? 그전까지는 여기 얌전히 서 있어야 한다."

처음에는 긴장했다. 언제 불리더라도 달려갈 수 있게 계속 준비하고 있었다.

하지만 아직 한 번도 불린 적이 없다. 불리기는커녕 이쪽은 쳐다보지도 않는 듯했다. 황제의 눈에 이령 따위는 보이지 않는 것이다.

편하다면 편한 일이었다. 하지만 너무 지루하다.

궁 밖에 있을 때는 아침 일찍 일어나 호떡을 구워 시장에 내다 팔고, 오후에는 이모부의 가게에서 일을 도왔다. 그 후에는 이모가 청소하고 요리하는 것을 도왔다. 밤에도 쉬지 않고 바느질을 하거나 다음 날의 일을 준비하느라 매일 바쁘게 살았는데, 이런 지루함이라니 저도 모르게 졸음이 몰려왔다.

필사적으로 하품을 참으며, 아쉬운 대로 무료함을 달래려 황제를 몰래 관찰해 보기로 했다.

옥좌에 앉은 황제 폐하는 책상 위에 산더미처럼 쌓인 죽간을 하나씩 펴서 공들여 읽고 내용을 고치고 있다.

검은색인 줄 알았던 황제의 옷은 가까이서 보니 아주 깊은 보랏빛이었다. 몸통에는 신수(神獸) 문양이 빼곡히 수놓아져 있다. 사납지만 아름다운 동물들. 황제 폐하와 쏙 빼닮았다.

황제의 눈빛은 여전히 얼음처럼 차갑다. 검은 눈동자는 때때로 거역할 수 없을 정도의 위압감이 넘칠 뿐, 다른 어떤 감정도 읽을 수 없었다.

'딱 한 번, 그렇게 아름다워 보였는데…….'

깊고 맑은 눈동자. 지금 눈앞에 있는 사람의 것이라 믿지 못할 정도로.

순간적으로 홀렸던 것일까? 아니면, 단순한 착각?

'그래, 그랬을지도 모른다.'

황제는 아무렇지 않게 친모를 가두고, 걸리적거리는 형제들을 차례로 참살한 잔혹한 사람이다.

그런 이의 눈빛이 그렇게 맑고 슬플 리 없다.

그 증거인 듯, 이렇게 옆에서 보고 있어도 인간적인 온기가 전혀 느껴지지 않았다.

표정의 변화가 거의 없고 말수도 극히 적으니, 그 때문인지 마치 흙으로 빚은 인형이 인간 대신 왕좌에 앉아 있는 듯하다.

가끔 움직이는가 싶으면 꼭 누군가를 질책할 때뿐이다. 표정도 목소리도 한층 차갑다…….

'정말, 실망이야…….'

마음속으로 중얼거리다가 이령은 그런 자신에게 쓴웃음을 지었다.

황제가 그런 사람인 것이야 예전부터 알고 있었던 일. 이제 와서 실망이라니 그 생각이 오히려 우습다.

그런 생각을 하며 이령이 황제로부터 시선을 거두고 다시 땅을 내려다보았을 때, 황제와 접견하기 위해 한 신하가 들어왔다. 통통히 살집이 오른 몸과 붉은색 거북 등 문양 자수의 화려한 옷은 본 적이 있다. 처음 황제를 만났을 때, 그 옆에 있었던 관료 중 한 명이다. 이령을 몸종으로 두겠다는 황제에 정면으로 반대했던…….

실례를 범하는 일이 없도록 이령은 깊이 머리를 숙였다. 그때, 무언가에 툭 부딪혀 몸이 흔들렸다.

쿡쿡, 비웃는 소리가 들려오는 것이, 일부러 한 행동임을 알 수 있었다.

"역시, 출생이 미천한 놈은 행동거지도 미천하기 짝이 없군."

누군가 다 들리게 속삭였다.

그러자 다른 사람이 답한다.

"뭐야, 저 옷은? 퍽도 어울리는군."

"고약한 냄새까지 나는데? 아, 정말 고약해."

'또야?'

이령은 이를 앙다물었다.

의도적인 괴롭힘. 옷차림으로 보아 방금 지나간 화려한 옷을 입은 관료의 부하인 듯하다.

이령이 갑자기 황제 옆에 서게 된 것이 싫은 모양이다. 이령이 원한 것도 아니고, 황제가 정한 것인데 그래도 싫은 모양이었다.

뭐든 대꾸하고 싶었지만 장소가 장소다 보니 그러지도 못했다.

이령은 심의의 풍성한 소매 속에서 주먹을 꽉 쥐었다.

지금 이령이 입고 있는 검은 천에 붉은 테두리를 두른 곡거심의는 소천이 골라준 것이었다. 입이 걸은 소천은 '옷을 입은 게 아니라 옷에 갇힌 것' 같다고 하긴 했지만, 그래도 문관이 입는 재색 심의보다는 훨씬 낫다고 말해주었다. 향도 스며 있어 좋은 냄새가 나는데도…….

"뭣들 하는 게냐! 폐하 앞이다."

두꺼운 목소리가 조전에 울렸다.

무관인 모양이었다. 갑옷을 입은 풍채 좋은 남자의 호통에, 이령을 괴롭히던 문관들은 서둘러 가버렸다. 갑옷 차림의 무관이 작게 한숨 쉬며 외조 쪽으로 들어가더니 화려한 옷차림의 관료에게 짐짓 시침을 떼며 말했다.

"장행(將行)님, 아무래도 그 댁 참새들은 꽤 시끄럽습니다그려.”

장행이라 불린 화려한 옷차림의 남자가 웃으며 잡아뗐다.

“그 녀석들 지저귀는 소리까지 시끄럽게 들리신다니, 태위(太尉)님도 귀가 있으시군요. 이 장행은 기쁘기 그지없습니다.”

그 말을 들은 이령은 장행이 완전히 싫어졌다.

장행이라면, 후궁인 황제의 후비들을 모시는 무리의 우두머리다. 위치로 보자면 황제를 모시는 중상시보다 높지만, 그런 품격 따위는 전혀 느껴지지 않았다. 태위는 무관 중 가장 높은 직책으로, 승상(丞相), 어사대부(御史大夫)와 함께 ‘삼공(三公)’이라 불리는 높은 사람임에도 불구하고 그런 태위를 대하는 태도조차 불손했다.

“헌데…….”

장행은 말하다 말고 슬쩍 이령을 보았다.

꿍꿍이가 있는 듯한 시선에 이령의 등줄기에 한기가 들었다.

“헌데, 이런 일도 폐하께서 내키는 대로 저런 자를 곁에 두신다 하니 일어나는 게 아닙니까? 그 때문에 궁내 분위기도 흐트러졌지요.”

태위에게 말하는 듯하지만 장행의 말은 황제에게 향해 있었다.

이령을 몸종으로 삼는 것을 아직 인정할 수 없다고, 부러

들리게 하는 말이다.

황제가 잠자코 있자 장행이 계속 말했다.

"분위기가 흐트러지니 사람들 마음도 흐트러진 것이지요. 참새들의 잘못은 아닙니다."

"장행, 말이 심합니다."

태위의 말에도 장행의 태도는 변함이 없다.

"태위님이야말로 목소리가 지나치게 크신 게 아닌지. 아까부터 귀가 따갑습니다."

"네 이놈, 그게 무슨 소리……."

"목소리가 크면 사람이 따르는 시대는 끝났습니다. 이제부터는 문화의 시대이지요."

'아하…….'

누구에게 물을 필요도 없었다.

'이 두 사람, 앙숙이군.'

왠지 독기가 빠졌다. 자신 때문에 궁내 분위기가 흐트러진다는 트집을 들었는데도, 화낼 힘도 꺾인 것 같았다.

그때, 탁! 귀에 거슬리는 소리가 외조의 공기를 울렸다. 황제가 손에 들고 있던 죽간으로 책상을 내려친 것이다.

태위도 장행도 얼어붙어 입을 다물었다.

옥좌에서 황제가 두 사람을 내려다보았다. 그 눈빛은 차갑기 그지없고, 어떤 감정도 엿보이지 않는다.

"그대들은 그 이야기를 하러 여기까지 왔나?"

태위가 양손을 가슴 앞에 모으고 고개를 숙였다.

"황송하옵니다, 폐하."

장행도 따라했지만 얼굴에는 전혀 반성하는 기색이 없다.

"장행, 내 결정이 아직 거슬린단 말이지?"

"…그, 그것이……."

"좋다. 말해보라."

황제의 말에 장행은 한발 앞으로 나가 대답했다.

"황송하오나 폐하, 저 같은 범부는 알지 못하오나, 저 이자영이라는 자, 폐하께서 고르셨으니 필시 훌륭한 인물일 것이옵니다."

칭찬의 말이 아니다. '왜 저런 녀석을 곁에 두는지 알 수 없다' 며 깎아내리고 있는 것이다.

"허나, 겨우 며칠 전 궁에 들어온 자이옵니다. 하는 짓이 어설프기도 하고, 폐하의 옥체에 문제라도 생길까 두렵사옵니다. 몸종이 필요하시다면 제가 폐하께 훨씬 어울리는 자를 몇 명이라도 찾아 올리겠나이다."

잠시간의 침묵 후, 황제가 입을 열었다.

"장행, 그대는 서역에서 들여온 작은 개를 기르고 있다지?"

대답한 것은 태위였다.

"그렇사옵니다. 확실히는 모르겠으나, 아주 진귀한 개라며 온 동네에 자랑을 하고 다닌다더군요."

장행이 태위를 흘겨보며 우물쭈물 대답했다.

"예, 서역에서 들여온 개가 있습니다만, 그것이 무슨……?"

"저것은 개다."

"예?"

"너처럼 나도 개라는 것을 길러보고 싶어졌다는 거다. 개라면 언제 어디로 끌고 다니더라도 불만은 없겠지?"

진지한 황제의 표정에 장행은 곤혹스러운 얼굴이 되었다.

"허나, 저런 기괴한 모습을 한 개는 듣도 보도 못했나이다."

"그런가?"

"만약, 저것이 개라면 짖는 소리를 들려주시옵소서. 개라면 필시 '멍멍' 하고 짖을 것이 아닙니까?"

심술궂은 장행의 말에 이령은 저도 모르게 장행을 노려보았다.

장행은 자신의 승리를 확신한 듯 빙글빙글 웃으며 이령을 보고 있었다. '설마 그건 못하겠지?' 하고 깔보며, 이령을 비웃고 있다.

그건 알지만, 아주 잘 알지만.

'으으, 정말 얄미운 놈!'

저런 놈에게 지다니, 참을 수 없다!

어쩌면 좋지? 어떻게 하면 저놈을 한 방 먹일 수 있을까?

이령은 생각했다.

'이럴 때, 량이라면 어떻게 했을까……?'

량은 아마 얼굴이 새빨개질 만큼 화를 냈을 것이다.

'개 취급당한 것도 모자라 짖는 흉내를 내라니, 사람을 바보 취급하는데도 정도가 있다.'

그렇게 말하며 자신의 명예는 목숨과도 바꾸지 않았을 터. 이량뿐만이 아니다. 이령이 알기로는, 남자라면 누구나 그렇다. 명예를 무엇보다 중요시하며 모욕을 받으면 자신의 존재 자체가 상처 입은 것으로 여긴다. 그러므로 아무리 사소한 일이라도 자기 명예를 더럽힌 자는 용서하지 않는다. 목숨을 걸고 명예를 지키는 것이 그녀가 아는 남자였다.

'하지만, 나는 다르지.'

내 명예는 이런 일로 무너지지 않는다.

명예 따위 지니고 있어봤자 배를 불려주지도 않고, 그런 것을 지키려고 열 올리는 것 또한 귀찮다. 하물며 그런 일에 목숨을 걸다니 그런 어리석은 일이 또 있을까.

그렇다면, 지금 해야 할 일은 단 하나.

"멍!"

이령이 소리 내자 장행은 간 떨어지게 깜짝 놀란 듯 눈을 부릅떴다.

아랑곳하지 않고 이령은 개 흉내를 계속했다.

"멍! 멍멍멍!"

주저함 따위 없었다.

여기서 개 흉내를 냈다고 인생이 끝나는 것도 아니고, 무엇보다 이런 시시한 방법으로 다른 사람을 상처 주려는 장행에게 본때를 보여주고 싶었다.

장행은 처음에는 얼굴이 빨개졌다가, 점차 파랗게 질리더니 부들부들 떨기 시작했다. 치밀어 오르는 화를 필사적으로 참고 있는 것이다.

그런 장행을 보는 것만으로 기분이 한결 좋아졌다.

당해봐라, 요놈!

쿡, 웃음소리가 났다.

황제 폐하다. 처음에는 입가에 손을 대고 우습다는 듯 어깨를 들썩이다가 끝내 참지 못하고 큰 소리로 웃기 시작했다.

태위도 장행도 황제를 못 볼 것이라도 본 양 쳐다보고 있다.

물론, 이령도 깜짝 놀랐다. 계속 웃는 황제를 멍하니 바라볼 뿐이었다.

'처음 봤어. 폐하가 저렇게 웃다니…….'

소문으로 듣던 황제는 이렇게 크게 웃는 사람이 아니었다. 적어도 이령이 상상하던 것과는 전혀 달랐다.

지금의 모습은 수도 어디에서건 볼 수 있는 젊은이와 다르지 않았다. 그 어둡고 차가운 눈을 하고 있던 사람이라고는 도저히 믿기지 않는다.

더는 참을 수 없었는지 장행이 빠른 걸음으로 외조를 벗어났다.

"이런이런, 장행님, 인사도 안 하고 가시나?"

태위가 배를 잡고 호쾌하게 웃었다.

서둘러 걸어가는 장행의 옆얼굴이 창백했다.

혹시, 나 실수한 건가? 이 일로 원한을 사게 되어 더 괴롭히면 어쩌지?

상상하는 것만으로도 질릴 듯한데, 문득 누가 다가오는 기척이 느껴졌다.

황제 폐하다. 폐하가 직접 옥좌에서 내려와 이령에게 다가오고 있다.

신하의 예를 취하는 것도 잊고 멍하니 서 있는 이령을, 황제의 검은 눈이 뚫어져라 쳐다본다.

황제의 눈빛은 역시나 차갑고, 감정이 느껴지지 않았다. 하지만 이제 두렵지 않았다.

위엄 있는 토기인형 같은 황제의 안에도 마음은 있는 것이다. 소년처럼 소리 높여 상쾌하게 웃는 그런 마음이.

'착각이 아니었는지도 몰라…….'

처음 보았을 때, 일순간 엿보았던 맑고 깨끗한, 슬픈 눈동자.

'그 눈동자는 분명, 저 안에 숨어 있는 거야…….'

두근.

조금, 아주 조금 가슴이 울렸다.

'뭐지……?'

묘한 느낌이었다. 가슴이 욱신거리고 몽롱한 느낌.

주저하는 동안 그 위화감은 점차 커져 갔다. 정체를 알 수 없어 당황스럽다…….

"이랑."

그렇게 큰 목소리도 아니었는데 외조를 꽉 채울 듯 울리는 목소리가 이령을 불렀다.

이령이 대답했다.

"멍."

황제가 희미하게 씁쓸한 웃음을 지었다.

어쩌지? 또 황제 폐하의 새로운 표정을 보고 말았다. 평소와 너무 다른지라 신선하게 느껴진다.

"너를 개라고 한 것은 그 상황을 넘기려는 방편이었다. 이제 더는 흉내 내지 않아도 된다."

"네, 폐하."

"어쨌든, 개보다는 똑똑하구나."

이건, 설마 칭찬받은 걸까? '황은이 망극' 뭐 이런 거 말해야 하나?

이령이 망설이고 있자, 태위가 다가와 어깨를 툭툭 두드렸다. 무인의 커다란 손이 힘껏 날아오니 발밑이 흔들렸다.

태위가 웃었다.

"뭐냐. 사내 녀석이, 이렇게 힘이 없어서야."

"소, 송구합니다."

"그래도 보기보다 담이 세군."

그러다 한 번 더 툭! 이번에는 등을 쳤다.

태위는 친근함을 표시하고 있는 것이겠지만, 그래도 정말 아프다.

'저, 실은 여자인데요.'

속으로 투덜대며 맞은 곳을 문지르고 있자니, 황제가 외조 밖으로 나갈 채비를 하는 것이 보였다.

장행이 가버렸으니 접견이 흐지부지되어 버린 것인지도 모른다.

이령은 서둘러 황제의 뒤를 쫓았다.

그런 자신의 모습이, 평생 주인 뒤를 쫓아다니는 개와 다를 바 없다는 기분이 들어 조금 우스웠다.

*　　*　　*

"자영 형님, 잘 다녀오세요~"

"다녀오세요!"

이령은 배웅하는 귀여운 아이들을 향해 손을 흔들었다.

"다녀올게. 다들 얌전히 잘 놀고 있어야 한다."

"네~"

한 번 더 손을 흔들고 이령은 소천의 집을 나왔다.

소천은 이령에게 별채에 있는 방 하나를 마련해 주었다. 좁긴 하지만 햇볕도 바람도 잘 드는 기분 좋은 방이다.

그곳에서 소천은 몇 명의 아이들을 키우고 있다. 죄를 지은 아빠, 엄마를 둔 탓에 연좌제 때문에 궁형에 처해진 아이들이다. 아직 소년이라 감형된 것이 궁형이지만, 부모가 처형당했으니 결국 고아이다. 모두 기댈 곳 하나 없는 아이들이다.

머지않아 아이들도 소천처럼 황제를 모시는 환관이 되겠지. 궁내에서는 '중상시가 자기 멋대로 부릴 수 있는 부하로 키우기 위해 아이 때부터 길들이고 있다' 라며 뒤에서 욕하는 자도 있는 모양이지만 소천이 아이들을 보는 눈빛에는 자애가 넘치고 있었다.

그 외에는 처음 여기 온 날 수반을 가져다준 노파가 별채에 살고 있고, 일하러 드나드는 남녀 하인이 한 명씩 있다.

처음에는 노파가 소천의 가족인가 싶어 '중상시님 모친이십니까?' 하고 물었더니 당치도 않다는 대답이 돌아왔다. 아마 소천 자신이나 아이들을 보살피도록 하기 위해 고용한 듯하다.

궁형에 처해진 시점에서 가족과는 연이 끊기게 된다고 하니, 환관이란 그런 것일지도 모르나 쓸쓸한 일이다.

소천의 집에서 조전은 아주 가깝다. 조전에 이르는 긴 계단을 다 오르면 병사 일만 명은 족히 늘어설 정도로 넓은 광장이 먼저 나오고, 그다음 궁전 호위병이 주재하는 장소가 있다. 그다음이 황제와 관리가 접견하는 외조, 그 안이 황제의 정무실인 치조(治朝). 가장 안쪽에 황제의 침전(寢殿)

이 있다.

그 침전 앞에서 아침마다 황제를 맞이하는 것이 이령의 첫 번째 일과였다.

침전 안쪽에 있는 방은 전부 금과 은, 옥으로 꾸며져 있어 화려하기 그지없다는데, 이령은 아직 그곳은 보지 못했다. 침전은 환관의 영역이다. 황제 바로 옆에서 일어나는 모든 일은 환관이 맡고 있으며 그 환관을 총괄하는 것이 중상시인 소천이다.

침전의 뒤쪽에는 거대한 정원이 펼쳐져 있다.

그곳에서는 사시사철 화단에 꽃이 흐드러지고 숲에 새들이 날아다니며 서역에서 데려온 진귀한 동물도 사육하고 있다. 작은 강이 흐르고 연못 한가운데에 있는 정자에서는 이 아름다운 정원을 한눈에 볼 수 있다.

또 그 광경을 한층 아름다워 보이게 하는 몇 개의 건물이 배치되어 있는데, 그 궁을 총칭하여 후궁(後宮)이라 한다. 이 정원은 후궁 그 자체인 것이다.

황제는 그 후궁에서 마음에 드는 비(妃)를 침전에 불러들여 밤을 보낸다 한다.

오천이 넘는 미녀가 후궁에 북적댄다 하니 매일 밤 멋대로 골라도 모자라지 않을 것이다.

'오늘은 어떤 미녀와 밤을 보내실까?'

이런 생각에 이령은 욱하는 기분이 들었다.

'근데, 내가 왜? 왜 기분 나쁘지?'

아마도 그것은, 그렇다. 지독히도 여자를 밝히는 황제에 대한 분노.

'그렇지, 채도 그렇게 되었잖아…….'

머릿속에 슬프게 울던 얼굴이 떠올랐다.

'그 아이도 노리개가 되었을까…….'

싫다는 처녀를 억지로 유린하다니, 정말 용서할 수 없다. 아무리 황제라고 해도 경멸스럽다.

'그래, 정말 최악이야!'

이령은 마음속으로 황제를 비난했지만, 그 크기가 예전만 못하다는 것을 인정할 수밖에 없었다.

혹시, 황제의 그 눈빛 때문에?

'그렇게 맑고 깨끗한 눈을 가진 사람이, 정말 그런 짓을 할까……?'

알 수 없었다. 남자란 그 정도는 아무렇지 않게 할 수 있는 짐승인지도 모른다. 아직 남자를 모르는 처녀인 이령에게는 너무 어려운 문제였다.

'그런 황제도…….'

또 생각해 본다.

그런 황제도 애첩에게는 달콤한 말을 속삭일까? 평소의 그 무뚝뚝하기 짝이 없는 무표정을 싹 버리고 화사하게 웃거나 하는 걸까?

상상해 보려다가 단념했다.

무리야, 무리. 황제가 사랑을 속삭이다니, 도저히 상상이 안 간다. 그렇다면 역시 무표정한 채로? 그 무서운 얼굴로, 아무 대화도 없이 그저 행위에만 몰두하는 걸까?

"윽, 정말 싫다……."

저도 모르게 중얼거리는데 황제가 침전에서 나왔다.

이령은 서둘러 고개를 숙이고 황제의 정무실인 치조 쪽으로 황제를 따라갔다.

여기부터가 이령의 업무 영역이다. 환관이 황제의 사적인 부분을 담당한다면, 공적인 부분은 이령의 몫이다.

황제를 가까이 모시며 알게 된 것이 두 가지 있었다.

첫째, 황제는 상상 이상으로 바쁘다는 것.

지금도 황제의 책상 위에는 산더미 같은 죽간이 쌓여 있다.

저 죽간 속에는 다양한 지역에서 올라온 청원, 보고, 정보가 들어 있다.

'홍수 때 쓸려 내려간 길을 재정비해 주십시오' 라든가, '모 씨가 여차여차한 죄를 지었는데, 이리저리 벌하면 될는지요?' 라든가, '북방의 오랑캐가 군비를 증강하고 있습니다' 등등. 각양각색이다.

황제는 그것을 모두 읽고 판단해 결론을 내려주어야 한다. 이 나라에서 이 일을 할 수 있는 것은 오로지 황제뿐이다.

혼자서 온갖 나랏일에 관여하니 언제나 일이 산더미였다. 책상 위의 죽간은 줄어들었나 싶으면 또 그 이상으로 쌓인다. 단 한순간도 죽간이 없을 때가 없다.

사이사이에는 회의를 하고 관료들과 접견도 한다. 그것만으로도 보통 일이 아닌데, 선조의 혼을 모신 종묘와 신전에 제사를 지내는 것도 황제의 몫이다.

호화로운 궁에서 수많은 가신들에게 떠받들어지며 매일 맛있는 음식을 먹고 우아하게 지내는 생활과는 거리가 멀었다.

또 하나 알게 된 것은, 황제는 자신의 일은 무엇이든 손수 한다는 점이다. 황제라고 하면 시녀들이 옷을 입혀주는 것은 물론, 젓가락질도 직접 안 하고 궁 안에서도 가마를 타고 다닐 줄 알았더니, 상상하던 것과는 전혀 달랐다.

'황제 폐하는 다른 이와 닿는 것을 싫어하시지.'

소천의 말대로라면 몸종 따위 필요 없는 것은 아닐까? 황제 옆을 졸졸 따라다니고는 있지만 정말 하는 일이 없다.

'왜 황제 폐하는 나를 몸종으로 쓰겠다는 말 같은 걸 하신 걸까?'

이런 황제가 심부름꾼이 필요했을 리 만무하다.

'혹시, 나를 감싸주려……?'

반역죄라고 하기엔 지나치지만, 그때 이령은 황제의 앞길을 더럽혔으므로 벌을 받아도 이상하지 않았다. 아니, 벌 받는 것이 당연하지 않았을까?

그런데도 전혀 허물 삼지 않고 이렇게 일하고 있을 수 있는 것은 소천의 기지 덕도 있지만, 역시 황제가 이령을 몸종으로 삼겠다 했기 때문이다. 아무리 장행이 속이 시커먼 놈이라도, 황제의 면전에서 그 몸종을 문제 삼는 것은 꺼려지는 모양이다.

하지만 그런 것이라고 단언할 자신은 없었다. 그러기엔 이령은 황제를 너무 모른다.

"소문이 사실인지는 이자영, 그대의 눈으로 확인하세요."

소천은 이렇게 말했다.

눈으로 확인하기에는 아직 조금 더 시간이 걸릴 듯하다.

마음속으로 작게 한숨을 쉬고 있는데 누군가 서둘러 치조 쪽으로 오는 발소리가 들렸다.

숨을 몰아쉬며 들어온 것은 백발에 덩치가 작은 할아버지다. 작은 얼굴, 좁은 턱에 하얀 수염이 나 있다. 늘어뜨린 긴 눈썹이 인상적이다.

'승상이다.'

승상이란 이 나라의 행정장관으로, 이령 같은 몸종은 얼굴을 보는 것조차 꺼려질 정도로 높은 고관 중의 고관이다.

"폐하, 아뢸 말씀이 있나이다."

"무엇이냐."

"중요한 이야기입니다. 헌데 저 아이는 좀……."

승상이 흘깃, 이령 쪽을 보아서 자리를 비키려 했지만 바로 황제의 목소리가 막아섰다.

"상관없다. 거기 있어라."

"허나……."

"몸종이란 군주의 비밀을 쉬이 알 수 있는 입장이지. 혹여 여기저기 퍼뜨리고 다니진 않겠지?"

"무, 물론입니다! 절대 그런 일은 없사옵니다."

황망히 대답하는 이령을 승상이 찜찜한 듯 보았다.

당연하다. 이령이 희국 출신인 것은 엄연한 사실이고, 승상도 장행과 마찬가지로 이령을 '황제의 목숨을 노리는 자객' 처럼 생각하고 있을지 모른다.

이령을 내보내는 것은 포기한 듯 승상이 엄한 목소리로 황제에게 힐문했다.

"어제는 어디서 주무셨습니까?"

대답이 없다.

승상의 목소리가 커졌다.

"폐하, 답하십시오. 매일 밤 대체, 어디서 주무시는 겝니까?"

여전히 묵묵부답이다.

"폐하, 청하건대 오늘부터는 부디 침전에 드시옵소서. 폐하가 그리하시지 않으면 모두가 곤란해집니다."

승상의 말은 간언이라기보다 불평처럼 들렸다.

황제가 어렸을 때부터 그의 곁을 지켜온 승상에게는 장성한 황제라 할지라도 아직 '귀여운 왕자님' 으로 보이나 보다. 그 때문인지 잔소리를 하는 그 모습이 신하라기보다 이웃집 할아버지처럼 보였다.

"나를 곤란하게 하는 것은 그대가 아닌가?"

질린다는 듯, 황제가 말했다.

"그대들이 침소에 여자를 들이지 않는다고 약속한다면 침전에서 자겠다."

"폐하! 또 그런 억지를……."

말문이 막힌 승상은 머리를 감싸 쥔다.

"폐하는 이 나라의 황제십니다. 아시겠습니까? 이 나라의 부와 평화와 백성의 행복을 지키는 것이 황제의 의무가 아닙니까."

"그거야 잘 알지."

"아니, 하나도 모르십니다. 지금 폐하의 몸에 무슨 일이라도 생긴다면 이 나라는 다시 무너지겠지요. 그를 막기 위해서라도 하루빨리 후사를 보셔야 합니다."

승상의 표정에는 절박함이 있었다. 그는 인생의 반을 전란의 시대 속에 살아왔을 터. 지금의 평화가 얼마나 귀중한 것인지 뼈저리게 알고 있기 때문에 하는 말일 터였다.

하지만 황제에게는 그 기분이 전해지지 않나 보다.

"어쩌겠는가. 여자란 지루하기 짝이 없는데."

"폐하!"

"몇 천, 몇 만을 데려와도 마찬가지다. 내 마음은 바뀌지 않는다."

황제의 말에 승상은 풀썩, 어깨가 떨어진다.

"어찌 이리 완고하신지……. 역시, 황태후 마마의 일이 아직……."

그 순간 황제의 표정이 돌변했다.

검은 눈동자 속에 스친 감정은 분노? 아니면, 슬픔……?

"그 여자 이야기는 더 꺼내지 마라."

차가운 그 말에 승상도 입을 다물었다. 그리고 황제를 향해 신하의 예를 갖춘 후, 풀 죽은 표정으로 돌아섰다.

이령은 승상이 자신 쪽으로 다가오는 것을 느끼고 양손을 가슴 앞에 모아 고개를 숙였다.

그대로 지나갈 줄 알았던 승상이 이령의 앞에서 발을 멈추었다.

"이자영이라 했느냐?"

이령은 고개를 숙인 채 대답했다.

"예, 그러하옵니다."

"고개를 들어라."

"네? 하지만……."

"괜찮으니, 고개를 들거라."

소천은 분명 '높은 사람들 앞에서 고개를 들면 안 된다'고 했다. 그것은 대단히 무례한 일인 것이다.

주저하며 고개를 들자, 승상이 이령의 얼굴을 찬찬히 뜯어보았다.

"지금까지 아무도 곁에 두시지 않던 폐하가, 무슨 변덕인지 갑자기 몸종을 들이셨다길래, 웬 놈인가 했더니……."

"네……?"

"태위가 보고 와서는 귀엽다는 둥 어떻다는 둥 하고 있더니만, 뭐 그저 그런 얼굴이구먼. 이래서야, 소계국이 훨씬 곱지."

그저 그렇다고?! 칭찬은 못할망정, 그저 그렇다니?!

스스로 특별한 미인이라 생각한 적은 없지만, 그래도 이런 말을 들으면 기분이 상한다.

무심코 불만 가득한 눈으로 승상을 보자, 승상은 피식 웃었다.

"이런, 미안하네. 소계국은 환관이지만 어느 후궁보다 아름다우니, 그런 이와 비교당하는 건 너무 가혹하지."

'그럼 비교를 하지 말라고!'

마음속에서 반론하는 이령에게 승상이 손에 든 부채로 입을 가리고 귓속말을 했다.

"헌데……. 그, 너, 황제 폐하와 어젯밤 한 방에 있었다던가, 그런 일은 없었느냐?"

"네?"

"벌하지 않을 테니, 솔직히 말해보거라."

"아, 아니, 그 무슨……?"

어젯밤? 한 방에? 대체 뭘 묻는 거야?

영문을 몰라 눈만 끔뻑거리고 있자, 소천이 소리도 없이 다가와 웃으며 속삭였다.

"이자영, 승상은 폐하께서 여자를 너무도 멀리하시니,

결국 남색에 빠지신 게 아닌가 걱정하시는 겁니다."

"엣? 나, 남…… 색."

"갑자기 그대를 몸종으로 삼으신 것이 밤 상대를 시키기 위한 것은 아닌가 하고."

"네엣?! 네에에에에?!"

"어허, 목소리가 너무 큽니다."

이령은 급히 입을 막았다.

'내가? 황제 폐하와?'

아니, 말도 안 된다. 절대 그럴 리 없다. 혹시 황제가 그런 걸 원한다 해도, 나는 여자다. 남색이라니 말도 안 된다.

"내가 괜한 걱정을 한 모양이군."

안심한 것인지 실망한 것인지 알 수 없는 미묘한 표정의 승상이 한숨을 지었다.

"어찌 되었든, 폐하는 이 세상에 유일무이한 분. 마음 바쳐 모시거라."

"네."

"정말, 폐하도 못 말리겠다. 정도껏 사리분별은 하셔야지."

고개를 흔들며 승상이 밖으로 나갔다.

이령은 여전히 멍한 상태다.

설마, 자신을 그런 눈으로 볼 거라곤 상상도 못했다.

황제를 곁에서 모신다는 것은, 상상했던 것보다 훨씬, 훠얼씬 어려운 일일지도…….

"괜찮습니다."

"중상시님……."

소천이 상냥하게 웃으며 이령의 어깨를 두드렸다.

"혹, 폐하가 덮치거든 내가 위로해 드리지요."

"넷?!"

위, 위로로 끝날 일인가요? 지켜주실 마음은 없는 건가요?

항의의 말이 다른 목소리에 가로막혔다.

"이봐, 거기. 다 들린다."

황제 폐하다.

"이런, 폐하. 역시 귀가 밝으십니다."

"부러 들으라고 말하면서 잘도 그런 말을."

"거슬리시면 어서 하나라도 후사를 만드시지요."

"시끄럽다."

씁쓸하게 혀를 차는 황제 옆에 우아한 발걸음으로 다가선 소천이 조용한 목소리로 말했다.

"승상께서 걱정하고 계시는 것은 이 나라의 미래만이 아닙니다. 폐하의 일로도 마음 아파하고 계시는 거지요."

"……."

"아무리 폐하께서 고독을 좋아하신다고는 하나, 가끔 혼자란 외로운 법이지요. 비록 남자라 하더라도 잠시 폐하의 마음을 다독일 수 있는 자가 있다면 그것도 괜찮지 않겠냐고, 승상은 생각하신 것이겠지요."

침묵이 퍼졌다. 무거운 침묵.

갑자기 긴장감이 팽팽해졌지만, 황제의 자조 섞인 말이 침묵을 깨뜨렸다.

"천의 독설은 여전하군."

"칭찬 감사히 받겠나이다."

"나는 조금도 칭찬하려 한 말이 아니다."

황제를 모시며 또 하나 알게 된 것이 있다.

황제에게 있어 소천은 특별한 존재라는 것.

그 증거로 황제는 주위에 관료들이 없을 때에는 소천을 '천' 이라고 부른다.

설령 군주가 신하를 부를 때라고 하더라도, 짧게 '휘' 만으로 부르는 일은 드물다. 실제로 폐하도 다른 사람 앞에서는 소천이라 부르고 있다.

황제가 '천' 이라고 부를 때, 그 목소리에는 군주가 신하를 대하는 것치곤 과분한 친근감이 담겨 있다. 소천과 있을 때만큼은 황제의 차가운 눈빛도 얼마간 온기를 띠는 듯하다. 늘 황제를 감싸고 있는 아플 정도로 날카로운 기운도 누그러든다.

'중상시님은 황제 폐하의 총애를 받고 있는 걸까……?'

왠지, 조금 다른 느낌이 든다.

뭐랄까, 그게 다가 아닐 듯한, 훨씬 더 깊은 곳에서 마음이 이어진 듯한…….

혹시, 아까 승상이 말했던 남색?!

'폐하와 중상시님이?'

무심코 두 사람이 가까이 있는 장면을 상상하다 현기증이 났다.

황제 폐하는 키가 크고 얼굴이 단정한 미남형. 한편, 소천은 환관이지만 어느 후궁보다 아름답다는 말을 듣는 사람.

'어울려, 너무 잘 어울려…….'

아니아니아니. 이건 아니지. 소천의 조금 전 말투로만 미루어봐도, 아무래도 그건 지나친 억측이야.

그런데…….

'황제가 여자를 싫어한다?'

정말?

"저, 황제 폐하는……."

무심코 말을 흘려 버렸다. 한 마디씩 더해서 손해 보는 버릇.

게다가, 신하가 먼저 황제에게 말을 걸다니, 불경하기 짝이 없다.

금방 깨닫고는 양손으로 입을 막았다.

"소, 송구스럽습니다……."

잔뜩 움츠린 이령의 귀에 황제의 목소리가 울렸다.

"뭐냐? 말해보라."

"…아, 그게……."

흘끔, 소천을 보니 소천이 작게 고개를 끄덕인다.

이령은 양손을 가슴 앞에 모으고 머리를 숙인 채 떨리는 목소리로 말했다.

"…저… 폐하께서는……."

"내가, 어쨌단 말이냐?"

"그러니까, 저…… 정말 여자를 싫어하십니까?"

대답 없는 황제 대신 소천이 말했다.

"아무래도 그러신 듯싶은데 그게 무슨?"

"온 나라에서 어린 처녀를 수도 없이 모으고 있지 않습니까. 오천이 넘는 후비가 후궁에 있다 들었사온데……."

"사실이다."

"그럼, 저…… 폐하께서는……."

말을 못 맺는 이령에게 심술궂은 목소리가 들렸다.

"요컨대, 내가 그 여자들을 안았는지가 궁금하다?"

황제의 입에서 너무도 솔직한 말이 튀어나오자, 이령의 얼굴이 새빨개졌다. 지금까지 평생 동생만 생각하며 살아온 그녀다. 남녀의 애정사에 대해서는 백지라 해도 좋을 정도로 면역이 없다. 귀까지 빨개져서 고개를 끄덕이자, 황제가 아닌 소천이 대답했다.

"내가 아는 한에는, 누구 하나 손을 안 대신 것 같다."

황제도 이어 말했다.

"나도 누구에게 손댄 기억은 없군."

"그럼, 왜, 처녀들을 저리 끌어모으십니까?"

궁금해 견딜 수 없다. 품에 안을 작정이 아니라면 그 많은 신부를 대체 왜 납치해 왔단 말인가.

대답하는 황제의 목소리가 씁쓸했다.

"내가 모은 게 아니다. 멍청한 놈들이 합세해서 끌어모으고 있는 것이지."

"합세해서?"

"잔뜩 모아놓으면 그중 하나 정도는 마음에 드는 여자가 있을 것 아닌가 하고 생각하고 있는 거다. 의미 없는 짓이라고 아무리 말해도 전혀 귀담아듣지 않는다."

해서는 안 되는 말인 걸 알고 있다. 하지만 그냥 있을 수 없었다.

"그러면, 채를…… 채를 돌려주십시오."

"채?"

"제 친구입니다. 관리의 손에 억지로 끌려왔습니다."

이령의 머릿속에 고개 숙여 울던 그 모습이 되살아난다.

"그 아이는 혼사 날이 코앞이었습니다. 그날을 손꼽아 기다리고 있었습니다. 만일, 폐하께 필요 없는 아이라면 제발, 채를 집으로 돌려보내 주십시오."

올려다본 황제의 검은 눈동자에는 강한 빛이 머물러 있었다. 그 빛은 이령의 자그마한 생각 따위 전부 튕겨내 버릴 듯했다. 그렇지만 포기할 수 없었다. 이령은 필사적으로 매달렸다.

"부탁드립니다, 폐하. 폐하는 이 나라에서 유일무이하신 분, 무슨 일이든 하실 수 있지 않습니까."

그러나 황제의 대답은 가차 없었다.

"모든 일에는 법도가 있다. 그것을 어기게 되면 세상도 뒤틀리지. 다른 이에게 법을 지키라 말하고, 법을 어기는 자를 엄히 다뤄야 하는 내게, 너는 법을 어기라 말하느냐?"

그건 그렇다. 맞는 말이다. 되받아칠 말이 없다. 하지만…….

"그럼, 폐하. 싫다는 처녀를 억지로 끌고 온 것은 불법이 아닙니까?"

"그것은……."

"저희 같은 아랫것들에게 궁의 관리가 하는 말은 폐하의 명령과 매한가지입니다. 이대로 그냥 두면 폐하께 원망의 마음을 품는 자도 생기겠지요. 폐하의 권위가 땅에 떨어지게 될지도 모릅니다. 어찌 이것이 폐하께 누가 되는 일이 아니란 말입니까?"

"……."

"한 말씀만 더 올리자면, 이런 일들로 국민들은 폐하가 엄청난 호색한이라고 알고 있습니다. 사실은 그렇지 않은데 이런 오해를 받고 계시다니 이 또한 억울하고 부당한 일이 아닙니까? 게다가 여자아이 한 사람이라고는 하나 사람을 부양하는 데에는 적지 않은 돈이 들어갑니다. 후궁의 후비라면 그 외에도 의상이나 비녀같은 비용도 들겠지요. 채를 후궁에서 내보내는 것으로, 조금이나마 국민의 혈세를 줄일 수 있습니다. 이토록 이로운 점이 많은데, 어찌 알지 못하십니까?"

단숨에 쉬지 않고 내뱉었더니 숨이 찼다.

쌕쌕거리며 어깨를 들썩이는 이령에게 황제가 물었다.

"채라는 여자는 네게 어떤 존재이냐? 혹시 네가 그 혼인 상대인가?"

황제의 목소리는 낮았지만 박력이 있었다. 그 기에 눌려 이제야 이령의 가슴이 울렁거린다.

'아, 또 저지르고 말았어…….'

깊게 생각하지 않고 느끼는 대로 솔직히 내뱉는 버릇. 이번에는 한 마디 덧붙인 정도가 아니라 두 마디고 세 마디고 더해 버렸다. 황제를 면전에 두고 비난의 말을 쏟아내다니, 정말 미쳤나 보다.

하지만, 입 다물고 있을 수만은 없었다.

채뿐만이 아니다. 이령은 그 외에도 '새 신부 납치'로 끌려간 사람을 여럿 더 알고 있었다. 그 사람들의 고통을 황제가 알아주었으면 했다.

"……이웃에 살던 이입니다."

"겨우 이웃사람을 위해 이렇게 필사적으로 나선다? 나는 피도 눈물도 없는데 말이다. 그런 주제넘은 말로 내 심기를 건드리면 목숨이 위험할지도 모른다는 생각은 안 드는가?"

왜 모르겠는가. 사실, 조금 전까지만 해도 그렇게 생각하고 있었다. 잔학무도하고 냉혹한 황제.

하지만, 지금은…….

"폐하는, 아마 그런 분이 아니지 않을까 생각하여……."

"왜, 그렇게 생각하지?"

그렇게 물어도 딱히 이유는 없다. 그래도 따져 묻는다면…….

"…직감……?"

먼저 웃은 것은 소천이었다.

"폐하, 인정하시옵소서. 폐하가 지셨습니다."

"천……."

"이성으로 감성을 이기려 드는 것은 무의미하지요. 특히, 이 아이처럼 무모한 사람의 생각은 우리 같은 범인에게는 도저히 따라갈 수 없나이다."

비꼬고 있다. 비웃고 있다.

"중상시님, 너무하십니다."

투덜거리자, 소천은 웃고 황제는 작게 어깨를 들썩였다.

"지지 않았다. 처음부터 다 돌려보낼 생각이었으니."

그 말에 이령이 환성을 질렀다.

"정말이십니까?!"

"후궁에서 나가고 싶어 하는 아이는 모두 돌려보내도록 장행에게 명할 것이다."

"황공하옵니다, 폐하. 황공하옵니다."

"고마워할 필요 없다. 내가 그리하고 싶어 하는 것일 뿐. 게다가 네가 말한 것처럼 황제의 권위가 바닥에 떨어지면 곤란하기도 하고."

"폐하……."

눈물이 날 것 같다. 무엇보다, 황제가 자신의 서툰 호소에 귀를 기울여 준 것이 기쁘고 또 기쁘다.

"허나……."

황제의 말에 소천이 고운 눈썹을 찌푸린다.

"장행님이 무어라 할지……."

"당연히 싫어하겠지."

이령은 볼이 축 처진 장행의 얼굴을 떠올렸다.

'그 사람이 뭔데 그렇게 걱정하는 거지?'

입 밖에 내지 않았는데도, 소천은 표정만으로도 이령이 생각하고 있는 것을 읽어낸 모양이었다.

"장행님은 선황 폐하 대에 큰 공을 세운 분이지요."

"그렇군요……."

"폐하를 황태자로 추대할 때도 가장 먼저 지지를 표명하셨습니다. 그래서 자신이 황제 폐하의 최고 가신이며, 자신만이 폐하께 간언해야만 한다는, 뭐, 그런 생각이 강하신 게지요."

요컨대, 황제 주위를 헛돌고 있다 이거지?

"그에 관해서는 폐하의 허물도 있습니다."

"내 허물?"

"그러하옵니다. 폐하가 후궁을 소홀히 하시니, 그곳을 도맡고 있는 장행님 스스로도 소홀히 여겨진다 느끼시는 거지요."

"나는 후궁도 장행도 소홀히 하려 한 것이 아니다."

"글쎄요."

황제가 입을 다물었다. 과연 황제도 소천의 독설은 못 이기는 모양이다.

"폐하께서 조금이라도 장행님의 노고를 치하해 주시면 좋을 것을, 그저 멀리하려 하시니 이렇게 된 것이 아닙니까?"

소천이 한숨을 쉬었다.

"그런들 어쩌겠느냐. 장행에게 앙심을 품은 것은 아니지만, 여자는 성가시다."

"장행님은, 폐하를 가까이서 모시는 제가 후궁을 멀리하라고 부추기고 있는 것이 아닐까 의심하고 계십니다. 그 때문에 걸핏하면 저를 곱지 않게 보시고, 이자영에게까지 불똥이 튀게 된 것이 아닙니까. 정말 곤란한 노릇입니다."

그 말을 듣자 겨우 납득이 갔다. 장행이 그래서 나를 싫어했구나.

그때, 소천이 혼잣말처럼 중얼거렸다.

"……뭐, 장행님께서 저를 싫어하시는 것도 무리는 아니지요."

그 순간, 황제의 눈빛에도 그늘이 진 것을 이령은 놓치지 않았다.

역시 이 두 사람 사이에는 뭔가 있다. 이령으로서는 알 수 없는 감정이 둘 사이에 복잡하게 얽혀 있는 것 같았다.

'이것도, 폐하 곁에 있다 보면 언젠가 알게 될까……?'

왠지 모르게, 황제에 대해서 더 많이 알고 싶어졌다.

아무래도 황제는 소문으로 들은 것과는 많이 다른 사람 같다.

호색한은커녕 여자를 멀리하는 황제. '새 신부 납치' 도 그의 의지에 반하는 일이었다.

소문에 떠도는 잔학무도한 폭군과는 거리가 먼, 다른 사람의 말을 들을 줄 아는 사람이었다. 이령의 말을 듣고 채를 집에 돌려보내 주기로 하지 않았는가.

'잘됐어.'

황제가 억지스럽고 뻔뻔한 인간이 아니라 다행이다. 소문과는 달라서, 정말, 정말 다행이었다.

승상 말대로 어쩌면 이 나라에 있어서는 위험한 일일지 모른다. 역대 왕들처럼 수많은 후비를 끌어안고 또 수많은 자식을 만드는 것이 옳을지도 모른다. 하지만 저 황제 폐하가 후궁전에 오천 명의 미녀를 거느리고 밤마다 그녀들을 안는다고 생각하면 너무 싫어 견딜 수 없었다. 매일 아침 침전에서 나오는 황제의 모습을 볼 때마다 마음에 먹구름이 끼었었지만, 내일부터는 그런 기분에서도 해방이다.

그것이 너무 기뻐서 마음속이 포근해지는 느낌이다. 바보처럼 소리치고 싶을 만큼.

이량은 '황제를 존경할 수 없다' 고 했다. '존경하지 못하는 군주를 모실 수 있을까?' 라고 고민했다.

이량의 가출은 아마 그런 생각 탓일 것이다.

그런 일은 없을 거라고 알려주고 싶었다. 이량도 황제의 본모습을 알게 되면 그를 좋아하게 될 것이었다. 적어도 이령은 진짜 황제를 알고 나서 그가 조금 좋아졌다.

그런데 어쩌다가 황제에 대해 그런 소문이 퍼지게 되었을까? 생모를 감옥에 가두고 형제들을 참살했기 때문에?

'황제 폐하가 정말 그런 짓을 하신 걸까……?'

갈수록 모를 일이었다. 황제는 아직 정체를 알 수 없는 사람이었다.

3장

사람과 사람 사이의 거리란 참 이상해서, 한쪽이 상대방을 향해 좋은 마음을 품으면, 그 마음이 자연스레 전해지게 되는가 보다. 그리고 그 마음만큼 두 사람의 거리는 가까워진다. 좋아질수록 거리가 줄어든다.

이령이 황제를 조금 좋아하게 된 후로 황제는 이령과 시선을 맞추는 일이 잦아졌다.

기쁘고 또 기뻐서, 그 마음이 넘칠 듯해서 시선이 맞을 때마다 웃는 얼굴로 답하였더니, 어느새 황제도 미소를 되돌려주게 되었다. 다른 사람은 눈치채지 못할 정도로 희미한 것이긴 했지만, 그럴 때 황제의 차가운 눈빛은 부드러워지고 검은 눈동자가 맑게 빛난다.

그 빛을 볼 때마다 이령은 황제가 점점 더 좋아졌다. 그리고 좋아하게 된 만큼 황제에게 신뢰받고 싶다는 마음이 간절해졌다.

도저히 용서할 수 없다고 생각하고 있던 사람이었는데.

'왠지, 나 자신조차 거짓말 같아…….'

물론 지금도 황제에게 있어서는 소천만이 특별하고, 자신이 소천처럼 될 수 없다는 것은 알지만 조금이라도 황제에게 도움이 되고 싶었다. 누군가를 모신다는 일은 이런 것일지도 모른다.

문득, '아버지의 기분도 이랬을까?' 하는 생각이 들었다.

선황 폐하가 희국을 공격해 들어갔을 때, 아버지는 선황께 자기 밑으로 들어오지 않겠냐는 서신을 받았다고 한다. 하지만 아버지는 오래 모셔왔던 공주의 운명을 따랐다. 자신을 귀하게 여겨준 공주에게 충성을 다한 것이다.

만약 황제 폐하에게도 그런 일이 일어난다면 자신도 아버지와 같은 선택을 하리라, 이령은 생각했다.

목숨을 걸게 되더라도, 황제 폐하를 배신할 수 없다.

하지만…….

나는 거짓말을 하고 있다. 이름도 성별도 다 가짜, 폐하를 속이고 있다.

처음부터 황제를 배반하고 있는 것이 아닌가. 그런 나에게 이런 낭만적인 생각을 할 자격이 있을까?

멍하니 생각하고 있는데 갑자기 황제가 이령을 불렀다.

"이량, 다음."

책상 위의 죽간이 다 사라져 있었다. 물론 아직 결재를 기다리는 죽간은 넘쳐난다. 요컨대, 그것을 가져오라는 것이다.

이령은 치조 한편에 쌓인 죽간 다발을 가지고 왔다. 죽간이란, 대나무를 쪼개어 실로 엮은 것으로 보통은 말아서 보관한다. 한두 개라면 모를까 많이 쌓이면 부피도 크고 엄청나게 무겁다.

비틀비틀하며 황제의 책상 위에 죽간을 쌓아 올리고, 처리가 끝난 죽간을 다른 장소로 옮기려는데 또 목소리가 날아왔다.

"이량, 목독(木牘)."

목독이란 나무 조각을 끈으로 엮은 것으로, 짧고 간략한 글을 적을 때 쓰인다. 죽간을 읽는 동안 생각난 것들을 기록하려는 것이다.

이령은 힐끗, 책상 귀퉁이를 보았다. 황제가 조금만 손을 뻗으면 충분히 닿을 거리에 목독 다발이 놓여 있다.

'예전엔 자기 손으로 집으시더니.'

그 다발에서 하나를 꺼내어 황제 눈앞에 두었다. 그러자 이번엔…….

"이량, 붓."

아아아, 진짜~!

폐하 눈앞에 있습니다요! 직접 집는 것이 훨씬 빠르지 않겠습니까?!

하고 싶은 말을 꾹 참으며 이령은 양손으로 붓을 들어 황제에게 내밀었다. 황제의 얼굴을 올려다보자 시치미를 떼고 있었지만 눈빛에는 웃음을 참고 있는 기색이 보였다.

"…아니, 애도 아니고……."

무심코 내뱉자 찌릿, 황제가 노려보았다.

"뭐라 했느냐?"

하지만 이령도 익숙해져 있었다.

"아무것도 아닙니다. 그냥 혼잣말입니다."

황제가 진짜 화를 내는 것이 아님은 알고 있다.

본인은 그럴 의도는 전혀 없음에도, 아무래도 이령은 생각하는 게 얼굴에 그대로 드러나는 모양이다.

늘 한 마디를 덧붙여 일을 저지르게 되는 것은 스스로도 잘 알고 있기에 있는 힘껏 입을 다물려 하고 있지만, 표정에서 그 이상의 것이 드러나다니 참 난감하다.

이령의 그런 모습이 재미있어 죽겠는지 황제는 계속 짓궂은 주문으로 이령을 휘두르고 그녀의 표정을 확인한다. 일부러 열 받게 하고 그 반응을 즐기는 것이다.

요컨대, 그녀를 놀리고 있다. 그러고 보니 이량도 비슷한 장난으로 어머니나 이령의 관심을 끌려 했었다. 그래도 그것은 어디까지나 이량이 꼬맹이였을 때의 이야기다.

'폐하도 의외로 귀여운 면이 있네.'

이령은 반쯤은 질리고 반쯤은 흐뭇한 마음이 들었다.

생각해 보면 매일 이렇게 정무에 시달리고 있는 황제는 숨 돌릴 틈도 없다. 가끔 혼자 검을 휘두르거나, 후궁정원을 산책하는 정도. 소문대로 호색한이었다면 밤새 여인의 품을 즐기기라도 했겠지만 소문과는 달리 여자를 싫어하고…….

이래서야 승상이 걱정하는 것도 잘 알 것 같은 기분이 들었다.

그렇다고 승상처럼 '여자를 좋아하라' 고 권하고 싶진 않지만 이런 사소한 장난밖에 즐길 것이 없다니, 조금 불쌍하달까…….

승상에 대해 생각하고 있는데, 그 승상이 치조에 들어왔다.

이곳 치조에 출입할 수 있는 것은 기본적으로 승상뿐이다. 황제의 수발을 드는 중상시 소천이나 몸종인 이령은 별개로 하고, 다른 관료와는 외조에서 접견한다.

물론 승상은 황제의 일을 돕는 재상이기 때문에 내밀한 이야기도 많기 때문이겠지만, 역시 승상이 황제가 어렸을 때부터 돌보았던 것과도 관계가 있는 것인지도 모른다.

승상은 신하의 예를 갖추고 황제의 옆으로 다가와 귀에 대고 무언가를 속삭였다. 이령이 들을까 봐 그러는 것이리라. 그걸 살핀 이령은 방구석까지 물러났다. 승상의 보고를 듣는 황제의 얼굴에서 앞서 보인 장난기가 싹 사라지고 그 대신 눈빛에 냉기가 돌았다. 엄격한 황제의 표정…….

승상의 보고가 끝난 뒤에도 황제의 표정은 그대로 굳어 있었다. 예전의 이령이라면 무섭다고 느꼈을 얼굴이다. 하지만 지금은 홀로 한 나라를 짊어지고 있는 황제의 중책을 알기에 그저 마음이 아팠다.

황제에게서 물러난 승상이 이령 쪽을 보았다.

갑자기 나타난 미소. 어쩌면 승상이 가져온 보고는 그에게 있어서도 아주 무거운 것이었는지도 모른다. 그 무거움을 떨쳐 버리려 하는 미소로 보였다.

"그나저나, 이자영. 지난번엔 고마웠네."

바로 호떡의 이야기라고 알았다.

얼마 전 조금 한가했던 날에, 소천이 돌보는 아이들을 위해 호떡을 구워주었다. 때마침 도구와 재료가 있어서 해보았는데 아이들이 너무 신기해하고 즐거워했다. 그러다 아이들로부터 '너무너무 맛있다'는 이야기를 들은 소천이 이령을 조르고 있을 때, 승상이 나타나 '그렇게 맛난 것이라면 나도 한번 먹어보자' 하여 며칠 후 호떡을 구워 승상 댁에 보냈던 것이다.

"보잘것없으나 드문 것이니 그저 재미로 여겨주시면 족합니다."

"아니네. 정말 맛있었어. 자네에게 그런 재주가 있었다니."

그 말에 비로소 이령은 자신의 실수를 깨달았다. 문관에 등용될 만한 인재가 요리라니. 남자인 척 지내고는 있지만 가끔 자신이 '이량' 인 것을 잊어버린다.

"그, 그것은 제 누나의 재주입니다."

어물어물 넘기려 거짓말을 했다.

"원래 어머니가 희국보다 더 서쪽에서 온 사람에게 배운 것인데, 누나가 그것을 배워두었다가 잘 만들어주었고, 저도 가끔 돕다 보니……."

이량에게는 부엌일 따위는 단 한 번도 시킨 적 없었지만 이렇게 말할 수밖에 없었다.

그 변명이 자연스러웠는지 승상이 고개를 끄덕였다.

"그렇구먼. 서쪽에서 온 것이로군."

'예' 라고 답하려는 이령보다 황제의 말이 먼저였다.

"무슨 이야기를 하고 있는가?"

승상이 대답했다.

"일전에 이자영에게 호떡이라는 것을 받았사옵니다."

"이량, 네가 만든 것인가?"

별수 없어 이령이 고개를 끄덕였다.

"네."

"왜 내게는 주지 않느냐?"

"그런 대단한 것이 아니옵니다. 호떡은 밀을 가루 내어 만드는 것인데, 밀은 가난한 농민이 먹는 것. 폐하께서 드실 만한 음식이 아닙니다."

폐하는 늘 밀이 아닌 차수수를 드신다. 차수수는 곡류 중에서 가장 귀한 것이다. 그런 황제에게 가난한 농민밖에 입에 대지 않는 밀을 대령하다니, 무슨 벌을 받을지 모른다.

하지만 황제는 물러나지 않았다.

"나도 밀이나 보리 정도는 먹어보았다."

"흠……."

"전장에서 식량이 바닥났을 때는 병사들과 잡초를 뜯어 삶아 먹기도 했지."

"정말입니까?"

놀랄 일이다. 황제가 잡초를 먹어?

하지만 선황 폐하가 나라를 통일하기 전, 아직 이 나라가 여러 개로 갈라져 싸우고 있을 때는 지금처럼 곡식도 풍부하지 않았다.

지금 모습에서는 상상도 되지 않지만, 아직 소년이었던 황제도 스스로 검을 쥐고 싸우며 그런 시대를 살아왔을 것이다.

"어처구니없군. 나만 따돌리다니."

"따, 따돌리다니요. 당치 않사옵니다."

"됐다. 그럼 나는 네 누나가 만든 것을 먹겠다."

그 말에 이령의 가슴이 철렁, 내려앉았다.

황제가 네 누나를 데려오라고 한다면, 그때는 어떻게 모면해야 하지?

"……누나의 이름은 무엇이냐?"

대답하지 않을 수 없었다.

"……이령이라 하옵니다. 자는 요금입니다."

이젠 또 무엇을 물을까? 대답 못할 질문이 나오면 어쩌지?

흠칫흠칫하고 있는 이령 옆에서 승상이 끼어들었다.

"그래? 네게 누나가 있단 말이지."

"네."

"미인이냐? 처녀이냐? 그럼 후비로 오는 건 어떠냐?"

이령이 비명을 질렀다.

"안 됩니다!"

"폐하의 후비 자리가 불만인가?"

"불만이라든가 그런 것이 아니옵고, 누나는 남자에게 흥미가 전혀 없는지라. 평생 혼자 살겠다고……."

"그야 안 될 말이지. 젊은 처자가 그런 안타까운 말을. 한번 남자를 가까이해 보면 그런 생각은 싹 사라질 게야. 폐하가 싫다면 내가 다른 신랑감을 소개해 주는 건 어떠냐?"

아아, 제발!

무슨 말을 해도 먹히지 않을 것 같다. 이러니까 후비를 들이지 말라는 황제의 말도 먹히지 않았던 것이다. 승상에게 악의가 없다는 것이 더더욱 난감하다.

"폐하, 슬슬 갈아입으실 시간입니다."

구세주는 소천이었다. 곧 외조에서 관료들과 회의가 예정되어 있다. 회의 때에는 그를 위한 의복으로 갈아입지 않으면 안 된다.

"소천, 너도 이 녀석이 만든 호떡을 먹었는가?"

소천은 갑작스러운 질문에 놀란 것 같았지만 곧 웃으며 고개를 끄덕였다.

"네, 아주 정다운 맛이었지요."

황제 폐하가 눈썹을 찡그린다.

"역시 나만 따돌려진 건가."

하지만 소천은 역시 소천이다.

"그런 무서운 얼굴 마시옵소서. 안 그래도 무서운 얼굴, 아무도 못 다가가겠습니다."

"뭐라고?!"

"자, 폐하. 시간이 없습니다. 서두르십시오."

재촉받아 서둘러 사라지는 황제의 뒷모습을 이령은 멍하니 바라보았다.

그런데 아직 승상의 얼굴이 험악하다. 아니, 저건 슬픈 표정이다. 아마 이령은 모르는 이유로 황제를 염려하고 있는 것이리라.

잠시 후, 작은 한숨을 내쉰 승상이 이령에게 물었다.

"요즘 폐하는 어떠시냐?"

어떠하냐고 물으셔도 뭐라 대답을 해야 할지…….

"별다른 문제 없이 건강하십니다만……."

"그런가."

"굳이 말하자면, 조금 게을러지셨습니다. 예전에는 결벽증인가 싶을 정도로 자기 일은 손수 하시더니 요새는 별것 아닌 일도 소인에게 시키십니다. 눈앞에 있는 붓 한 자루도 소인에게 집어달라 하시니, 정말 난감합니다."

승상이 작게 소리 내며 웃었다.

"그만큼 너를 신뢰하시는 게다."

정말 그런 걸까? 그런 거라면 기쁘지만…….

"그러고 보니 예전에 비해 다소 밝아지신 것 같구나. 아니면 너를 아우처럼 여기시는지도 모른다."

승상의 말이 흐려졌다.

"아우님들께서 계시던 때의 전하는 밝고, 활기 넘치고, 잘 웃는 분이셨다. 폐하께서 얼마나 동생을 아끼시는지, 옆에서 봐도 정말 우애 좋은 형제였지."

그렇다면 왜?

이령의 마음속에 의문이 솟아올랐다.

그렇다면 황제는 왜, 그리도 아끼던 동생들을 참살했단 말인가. 황제의 지위라는 것은, 그 황제 폐하로 하여금 그런 행동을 하게 할 정도로 매력적인 자리인 걸까?

궁금했다. 승상에게 캐묻고 싶었다.

하지만 이령이 그러기도 전에 승상이 화제를 돌려 버린다.

"그러고 보니 네 이웃이라던 그 아이는 무사히 집에 돌아갔느냐?"

채에 대한 이야기다. 채가 무사히 혼례를 올린 일은 이모가 보낸 편지로 알고 있다. 물론 그녀는 이령이 황제 폐하에게 간곡히 부탁했음을 알 리 없지만, 그것은 중요하지 않았다. 채가 행복하게 산다면, 그걸로 충분하다.

"감사합니다, 승상님. 축하 선물을 쥐여 주셨다고 들었습니다."

"아닐세. 애당초 이쪽이 잘못한 것이니 사죄의 선물이지. 설마 그렇게 강제로 처녀들을 끌고 오리라곤 나도 생각지 못했어. 험한 행동은 하지 않도록 모두에게 신신당부하고 있었는데 말이야."

"그렇습니까……."

"거부하는 처녀를 억지로 끌고 오다니, 폐하도 기분이 개운치 않으실 게지. 앞으론 꼭 원하는 사람만을 데려오도록 엄히 일러두었으니 안심하거라."

그 말에 저도 모르게 어깨에서 털썩, 힘이 빠졌다.

'그래도 포기는 절대 안 하시는군. 승상님은.'

정말 대단한 집념이다.

그렇지만 승상의 입장에서 보면, 어떻게 해서든 후사를 보아야 할 것이다. 세상이 여러 나라로 나누어져 있던 시대에는 동맹의 증거로 타국의 공주와 정략결혼을 하는 일도 많았지만 단 하나의 나라로 통일되어 평화로워진 지금, 그런 일은 다 옛이야기이다.

"집안 따위는 상관없다. 그저 폐하를 잘 모실 수 있는 아이라면."

"승상님……."

"폐하의 마음에 조금이라도 평안을 드릴 수 있는 아이라면, 그걸로 족하거늘……."

조금 감동했다.

잔소리 많은 승상인지라 후비 될 이의 집안이며 용모, 품위 등 온갖 조건을 갖다 붙이지 않을까 싶었는데, 그런 것보다도 '폐하의 마음'이 먼저라니, 승상의 마음이 느껴졌다.

'그런 사람이 생긴다면 좋겠다.'

그 순간, 가슴이 두근, 아파왔다.

'뭐지? 이 느낌은……?'

고개를 갸우뚱하는 그녀 쪽을 승상이 흘끔 보면서 책상 위의 죽간을 집어 들었다. 아직 아무것도 쓰지 않고 실로 엮지도 않은 죽간이다.

"이자영, 네가 이것을 깎았느냐?"

이령이 고개를 끄덕였다.

기본적으로 죽간은 사용할 이가 철제 칼로 직접 깎아서 만든다. 그러므로 글을 쓰려는 자는 우선 이 죽간 만드는 법부터 배워야 한다. 이령은 황제를 모시게 되고 나서부터 소천에게 배운 대로 죽간을 깎고 있다.

그런대로 손재주는 있지만 다소 덜렁거리는 이령인지라 그녀가 깎은 것은 잘 만들었다고 보긴 힘들었다.

"자네는 말이며 행동은 똑 부러지는데, 이런 건 영 소질이 없구나."

"하하……."

이령의 어머니는 다정했지만 예절 교육에 한해서는 타협이 없었다. 특히 몸가짐에 대해 엄격해서, 왈가닥이었던 이령은 늘 야단을 맞았다. 승상의 말이 진심이라면 하늘에 계신 어머니께 감사할 일이다.

하지만 글이나 공부에 대해서는 배운 바가 없으니 어쩔 수 없다.

"이것을 보아라."

승상이 양손에 죽간을 하나씩 들어 올렸다.

"보이느냐. 크기는 제각각, 모퉁이는 비스듬히 깎여 있다. 이것을 끈으로 엮어 말아놓으면 한눈에 네 작품인지 알겠지?"

그렇게 일일이 지적하시다니, 이령은 어깨를 움츠렸다.

"죄, 죄송합니다……."

"괜찮다. 이몸이 반듯한 죽간 만드는 법을 알려주마."

"네, 넷?"

"폐하가 옷을 갈아입고 나오실 때까지는 너도 손이 비겠지. 너 같은 어설픈 놈이 폐하 옆에 있는 한 내 마음이 편치 않다. 아무래도 네가 훌륭한 몸종이 될 때까지 내가 가르쳐야겠어."

"네?!"

거절하겠습니다, 라고 말할 수 있을 리가.

별수 없이 이령은 승상의 뒤를 따랐다.

'정말, 승상께서는 잔소리꾼이라니까.'

하지만 알고 있다. 모든 일은 폐하를 위한 것. 그의 잔소리는 모두 그런 마음에서 나오는 것이다.

*　　*　　*

십육야(十六夜, 이자요이, 매월 음력 16일. 음력 7월 15일은 오봉(お盆)이라고 하여 선조의 영을 기리는 명절인데, 15일이나 16일 중 하루는 만월이 되어 밤새도록 절이나 신사 등에 젊은 남녀가 모여 춤을 추는 풍습이 있다)의 밤이었다.

이령은 주변을 살피며 소천의 집 별채에 있는 자기 방에서 살며시 빠져나왔다. 머리 위에는 보름달에서 아주 살짝 모자라는 둥근 달. 엷은 천 같은 구름에 드문드문 휩싸여 짙은 남색 빛 하늘에 동그라니 떠 있다.

밤의 천성궁은 쥐죽은 듯 고요하여 희미한 자신의 발소리마저 크게 울리는 듯했다.

산들바람이 가볍게 나뭇가지를 흔들고 지나가는 소리, 풀벌레의 울음소리만 들려올 뿐…….

갑자기 머리 위로 무언가가 '끼야~!' 울며 지나갔다.

이령이 움찔하며 멈춰 섰다. 크기로 보아 왜가리인 듯하다.

강에 둘러싸여 있어서인지 화양에서는 저 새를 자주 볼 수 있었다.

"깜짝이야……."

도깨비라도 나타났나 했다. 이령의 머릿속에 떠오른 것은, 소천의 아이들이 들려준 신전에 산다는 도깨비 이야기였다. 신전 안에는 신뿐만 아니라 도깨비가 살고 있다는 것이다.

소천은 '도깨비 따위 없습니다' 라고 하며 아이들을 달랬지만 호기심 왕성한 아이들은 '그렇지만 신전 근처에서 이상한 소리를 들은 사람이 많은걸요!' 라며 물러서지 않았다.

"신전에 도깨비가……."

이령은 저도 모르게 신전 쪽을 보았지만, 그곳에서는 신전의 지붕 끄트머리도 보이지 않았다.

신전 근처에서 도깨비 소리를 들었다는 사람들도, 알고 보면 왜가리를 만났던 것이 아닐까? 그만큼 기묘한 울음소리였다.

생각을 떨쳐내고 이령은 신전과 반대쪽에 있는 후궁 쪽으로 향했다.

언덕 위에 세워진 조전 뒤편의 광대한 정원. 정원의 오른편에는 궁전 건물이 모여 있고, 밤이 되면 늘어선 궁전들을 둘러싼 울타리의 나무문이 잠겨서 그 안으로 들어갈 수는 없지만 그 외의 공간은 개방되어 있다.

하지만 후궁정원의 왼편은 아주 깊은 숲이라 낮에도 출입하는 사람이 많지 않다. 나무 사이로 작은 길이 나 있긴 하지만 마치 미로와도 같아서 길을 잃기 딱 좋기 때문이다.

하지만 이령은 지금, 바로 그 숲으로 향하고 있었다.

얼마 전 소천이 숲 속에 솟아나는 샘에 대해 알려주었던 것이다. 소천이 '밤에 몰래 다녀오면 될 것이다' 라며 위치를 알려주었지만 지금까지 좀처럼 갈 기회가 없었다.

그러다 오늘 밤, 달을 보고 있자니 문득 샘에 가 보고 싶어졌다.

궁에서 일하는 관리는 기본적으로 오 일에 하루씩 휴일을 가진다. 하지만 황제 바로 옆에서 일하는 이령에게는 딱히 쉬는 날이 없다. 이 세상에서 가장 바쁜 분. 황제가 정무를 보는 동안에는 이령도 꼼짝없이 그 옆에 있어야 했다.

하지만 내일은 폐하가 신전에 가시는 날.

종묘에서 선조의 영에 제사를 올리고 신전에서 신께 기도를 올리는 것도 황제의 중요한 임무이다. 황제는 위정자이자 제사를 모시는 신관이기도 한 것이다.

신전에는 황제만 들어갈 수 있다. 그리고 황제가 그 안에서 기도를 올리는 동안 이령은 할 일이 없다. 즉, 내일은 반쯤 쉬는 날이나 마찬가지라는 뜻이다.

아마 이 작은 해방감이 이령의 마음을 흔들었을 터였다.

달이 밝은 밤이라는 것도 다행이었다. 이런 밤은 등불 같은 것도 필요 없다. 주변이 달빛을 받아 파랗게 빛나고 있으니 밤길이라 해도 길 잃을 걱정이 없다.

어렵지 않게 샘을 찾을 수 있었다. 살짝 손을 넣어보니 따뜻하다. 샘에서 조금 벗어나 머리를 풀고 심의를 벗어 나무 아래 숨겼다. 그리고 속옷만 걸친 채 다시 샘으로 돌아와, 속옷을 벗어 나무에 걸고 알몸으로 탕 속에 몸을 담갔다.

"아, 좋다……."

따뜻한 물이 기분 좋게 팔다리를 휘감아온다. 온몸을 만져 풀어주는 듯한 좋은 기분. 날숨이 절로 나온다.

물론, 소천의 집 별채에도 욕실은 있다. 나무로 만들어진 작은 욕조가 있어 그곳에서도 목욕을 할 수 있었다.

하지만 욕실은 이령을 가장 긴장시키는 장소이기도 했다. 혹시 벗은 몸을 누가 보지 않을까 생각하면 긴장이 되어 언제나 서둘러 몸을 씻고, 물기를 닦는 시간도 길게 느껴져 서둘러 가슴팍에 천을 세게 감고 속옷으로 몸을 감추곤 했다. 느긋하게 욕조에 몸을 뉘일 여유 따위 있을 리 없었다.

아마도 소천은 그런 이령의 마음을 알고 이 샘을 알려준 것이리라.

'중상시님은 정말 이상한 사람이야.'

그분은 사람의 마음을 읽는 것이 아닐까. 아니 그것을 넘어 마음을 조종할 수 있는지도 모른다…….

환관은 학문과 멀다고들 하는데 그분은 달필에다 태학의 박사만큼이나 교양이 풍부하고, 몸가짐은 왕족 못지않게 우아하며 외모는 신비로울 정도로 아름답다.

무엇보다 신기한 것은 왜 이령의 정체를 숨겨주었을까 하는 점이다. 소천에게는 아무런 득도 되지 않는 일이다. 아니, 이 사실이 밝혀진다면 오히려 불이익이 있을지도 모른다. 그런데 도대체 왜?

아무리 생각해도 이해가 되지 않아 첨벙, 물속에 들어갔다.

평소에는 천 아래 숨죽이고 있어야 하는 두 개의 가슴이 겨우 해방되어 흔들리고 있었다. 검은 머리카락은 물속에서 꽃처럼 퍼진다. 별달리 자랑할 곳은 없지만 단 하나, 윤기나는 흑발만큼은 자랑할 만했다.

이령은 바위에 걸터앉아 상체를 물 밖에 드러내고 앉았다. 그리고 손가락으로 그 검은 머리칼을 훑으며 작은 목소리로 노래를 부른다.

거문고 명인이었다는 아버지 덕일까? 이량은 거문고 솜씨가 뛰어났다. 그리고 이령은 그 거문고 음색에 맞추어 노래하는 것을 좋아해서 둘이서 자주 그렇게 음악을 즐기곤 했다.

지금 이령이 흥얼거리고 있는 것은 서역에서 온 노래로, 옛날 희국에서 살 때 들었던 것이다.

먼 나라의 말로 쓰인 그 노래의 의미를, 이령은 모른다. 하지만 그 아름다운 선율이 좋았다. 느긋한 박자에 맞추어 높은 목소리를 방울처럼 울리고 있자니 기분까지 맑아지는 듯…….

그때였다. 시선을 느낀 것은.

누군가 보고 있다. 누가 나를 엿보고 있다. 꿰뚫을 듯한 강한 시선으로.

어디서 오는 시선인지 이령이 알아채기도 전에 그 시선의 주인이 나무 그늘 속에서 달빛이 비치는 곳으로 모습을 드러내었다.

그 얼굴을 본 순간, 이령은 숨이 멎었다.

'폐하……!'

왜, 폐하가 이곳에 있는 거지? 지금쯤 침전에서 쉬실 시간인데?

아니다, 승상이 늘 묻지 않았던가. 밤마다 침전을 빠져나와 대체 어디에 가시느냐고.

그렇다면 황제는 매일 밤 이곳에 왔던 것일까? 누구도 오지 않는 깊은 숲 속에, 혼자 몰래…….

'도망가야 해…….'

놀라서 멍해져 있던 상태를 겨우 벗어나 처음 떠오른 생각이었다.

서둘러 도망치지 않으면 큰일이다.

우선 속옷만 걸치고 달려가자. 나무 밑에 숨겨둔 심의는 나중에 다시 가지러 오면 된다.

그런데, 바로 옆에 있던 나무에 걸쳐두었던 속옷이 사라져 있었다. 차마 알몸으로 도망갈 수 없어 주저하고 있는데 황제가 천천히 다가왔다.

"이것을 찾느냐?"

황제의 손에는 이령이 아까 벗어둔 속옷이 들려 있다.

"되찾으려거든 이리 와보라."

이령은 아무 말 못한 채 고개를 좌우로 흔들었다.

"왜 그러지? 이것이 없으면 도망도 못 갈 텐데? 아니면, 알몸으로 가볼 텐가?"

그럴 수 있을 리가 없다.

여전히 아무 말 못한 채 고개만 흔들고 있을 수밖에 없었다…….

이령이 떨면서 꼼짝도 못 하자 황제는 손에 든 속옷을 던져 버리고 귀한 비단옷이 젖는 것도 개의치 않고 샘 한가운데로 들어와 이령의 팔을 잡았다.

이령이 벗어나려 발버둥 쳤지만 황제의 손은 크고 팔의 힘은 강력해서 도저히 떨쳐낼 수 없었다. 결국, 그 넓은 가슴에 폭 안긴 모양이 되었다.

이령은 깜짝 놀랐다. 남자의 몸이란 이렇게도 크고 강한 것이었던가.

키가 작지 않은 이령인데도 황제에 비하면 이렇게나 작다. 아기고양이처럼 그 품에 쏙 들어가 그대로 숨을 수 있을 정도였다.

황제의 커다란 손이 떨리는 이령의 얼굴을 억지로 들어 올렸다. 그렇게 달빛 아래 이령의 모든 것이 드러났다. 공포에 떨고 있는 눈동자, 새파랗게 질린 입술, 긴장해서 크

게 오르내리는 가슴, 그리고 실오라기 하나 걸치지 않은 맨살.

이로써 황제도 다 알게 되겠지. 이량의 이름으로 황제 옆에서 일하고 있던 이가 실은 여자였다는 것을 다 알아버릴 것이다.

모든 것이 끝났다. 황제를 속여 온 것을 들키고 말았다.

가슴속이 공포에 휩싸였다.

나는 이제 어떻게 될까? 역시 참수형일까?

죽는 것은 두렵지 않았지만, 그보다 거짓말쟁이라며 힐책당할 것이 더 괴로웠다. 무엇보다, 이제 더 이상 황제의 옆에 있을 수 없다는 것이 슬프다.

이령은 황제의 품 안에서 그저 떨고 있었다.

황제의 입술이 움직였다.

"너……."

올 것이 왔다.

'너, 이량이냐?'

이렇게 물어보리라 여겼다. 하지만 황제는…….

"너는 화백(花魄)이냐?"

'……?'

화백이란 세 명 이상이 목매달아 죽은 나무에 생긴다는 정령이다. 아름다운 처녀의 모습으로 알몸을 하고 있으며 손바닥에 올릴 수 있을 정도로 작고, 물을 좋아하며 작은 새처럼 지저귄다고 한다.

이령이 젊은 처녀이고 알몸이고 여기가 물가인 것은 사실이다. 게다가 작은 새처럼 노래를 부르고 있기도 했지만…….

"아니, 아니지. 아무리 봐도 손바닥 위에 올라갈 것 같진 않군."

자조 섞인 목소리. 스스로를 모멸하는 듯한 그런 목소리.

곤혹스러워하는 이령에게 황제가 다시 물었다.

"……그럼, 요괴?"

요괴는 정령이 아니라 원래 사람이었던 것. 이승에 미련을 남기고 죽은 이의 혼이 사람의 모습으로 돌아온 것이다.

저도 모르게 황제의 얼굴을 뚫어져라 쳐다보았지만 역광이라 표정이 잘 보이지 않는다. 감정의 편린이라도 좋으니 그 속을 읽어보려 검은 눈동자를 들여다보려 하자, 그대로 폭 안겨 버렸다.

황제에게서 좋은 냄새가 났다. 술 냄새다.

'술을 드셨구나…….'

겨우 상황을 이해했다.

평소의 황제라면 이런 식으로 옷을 입은 채 물에 들어오거나 알몸의 처녀를 말도 없이 안지 않았으리라. 지금의 황제는 술기운에 냉정한 판단력을 잃었다. 이령을 화백이니 요괴니 하는 것도 분명 그 탓일 것이다.

이령은 다소 안심했다. 황제는 아직 눈치채지 못한 것이다.

늘 남자처럼 틀어 올리고 있는 머리를 이렇게 늘어뜨리면 인상이 꽤 변한다. 황제는 남장한 이령밖에 보지 못했고 무엇보다 남자라고 믿고 있다.

눈앞의 여자와 자신의 몸종인 이량을 연결 짓지 못하는 것도 이상한 일이 아니다. 게다가 아무리 십육야의 달빛이 주변을 황황히 비추고 있다고는 하나 태양 빛에는 한참 모자라서 한밤의 숲은 어두웠다.

괜찮다. 아직 모르신다. 아직 몸종 이량으로 있을 수 있다.

몸 안에서 솟아오르는 희미한 기쁨으로 이령이 몸을 떨자, 그녀를 안고 있던 황제의 팔에 힘이 들어갔다.

"요괴여, 너는 누구의 원한으로 태어났느냐?"

대답할 수 없었다. 모습만으로는 눈치채지 못한 황제도 목소리를 들으면 곧장 알아챌 것이다.

"나를 저승으로 데려가려는 것인가?"

이령은 황제를 올려다보며 필사적으로 고개를 저었다.

아니다. 나는 요괴가 아니다. 살아서 피가 흐르는 인간이다. 아무 원한 따위 없다.

황제의 곧고 검은 눈동자가 그녀를 사로잡았다.

빼앗길 듯하다. 눈빛도 마음도 저 맑고 검은 눈동자의 포로가 될 것 같다.

"…아……."

이령은 무심코 신음했다.

그것이 신호이기라도 한 양, 황제는 이령의 무릎과 등에 힘차게 팔을 둘러 알몸인 그녀를 안아 올렸다.

"……!"

이령의 목에서 솟은 비명이 미처 소리가 되지 못하고 삼켜졌다. 황제는 아랑곳하지 않고 그녀를 안은 채 걸어 나왔다.

도착한 곳은 숲 속에 있는 별궁.

샘에서 멀지 않은 곳에 있었지만 우거진 나뭇가지에 가려 이령은 미처 보지 못했던 것이다. 그 별궁은 황제의 침전보다 훨씬 작고 간소하게 차려져 있었다. 물론 서민의 집에 비하면 훌륭하지만 그래도 황제가 쉬는 곳으로는 도저히 보이지 않았다.

'이런 곳에 혼자 계셨다니.'

이령의 마음속에는 놀라움이 가득 찼다.

실내에는 작은 등 하나 없었다. 아련히 스며드는 달빛에 의지하여 황제는 가장 깊은 곳에 있는 방까지 이령을 데려가서 침대 위에 내려놓았다.

침대에는 사용한 흔적이 없었다. 침대에 깔린 천은 전혀 흐트러지지 않았고 등에 닿는 비단의 느낌은 차가웠다. 그렇게 도망치지도 못하고 마냥 떨고 있는 이령 위로 황제가 몸을 겹쳐왔다. 큰 손바닥이 이령의 뺨을 어루만진다.

"문득 잠에서 깼을 때, 노래가 들렸지. 작은 새가 지저귀듯 여린 노랫소리가……."

"……."

"왠지 마음이 끌려 헤매다가 요괴, 너를 만난 것이다."

아닙니다. 저는 요괴가 아니에요. 제발 절 돌려보내 주세요.

마음속 외침을 어떻게 황제에게 전하면 좋을까? 목소리는 낼 수 없다. 글이라도 쓸 수 있다면 좋겠지만 근처에는 먹도 붓도 보이지 않았다.

황제는 엄지로 이령의 입술을 부드럽게 만지고는 노래하듯 속삭였다.

"나는 상(翔)이라고 한다. 다른 이름은 없다. 그냥 '상'이라 불러라."

이령은 놀란 눈을 크게 뜨고 고개를 가로저었다.

'상.'

그것은 황제의 휘다.

그녀에게 황제란 구름 위의 신과 같이 높은 존재. 단 한 글자의 휘로 그를 부르다니 있을 수 없는 일이다. 부른 순간 목이 잘려도 할 말이 없는 일이었다.

하지만 황제는 이령이 어떤 반응을 보이든 상관없는 모양이었다.

황제의 입술이 이령의 귓불을 물었다. 목덜미를 타고 입술이 내려온다. 황제가 무엇을 하려는지 깨닫고 이령이 버둥거렸다.

'마, 말도 안 돼!'

여자를 싫어한다더니. 거절하는 여자를 억지로 안지는 않는다고 말하지 않았던가.

비단 위에서 필사적으로 기어 벗어나려 했지만 곧장 강한 힘에 가로막혔다.

“왜 거부하느냐? 요괴여, 네가 원하는 일이 아닌가?”

아니에요. 아니라고! 전혀 원하는 바가 아니라고.

하지만 양어깨를 비단 위에 강하게 찍어 누르는 힘 때문에 조금도 움직일 수 없다. 고개를 저을 힘도 더는 없었다. 웅크린 채 그저 황제의 검은 눈을 올려다볼 뿐.

“알고 있다. 요괴는 이 세상 최고의 쾌락을 선사하고, 자신과 몸을 섞은 자의 생기를 뺏어 간다지. 그리고 나는 끝내 모든 생기를 빨리고 목숨을 잃겠지.”

“…….”

“요괴여. 내 기를 다 빨아 마시고 나를 저승으로 데려가라.”

황제의 속삭임은 절망으로 가득했다.

“나를 죽여…….”

어째서? 어째서 황제는 이렇게 괴로워 보이는 걸까. 필사적으로 죽고 싶어 할 정도로 그를 괴롭히는 것은 무엇일까?

그 이유가 궁금해서, 조금이라도 황제의 고통에 다가가고 싶은 마음에 눈을 뗄 수 없었다. 검은 눈동자는 처음 봤던 그날처럼 청청했다.

그때 그 눈 속에 슬픔과 고통이 많이, 아주 많이 숨어 있는 듯 보였던 것은 착각이 아니었다.

이 아름다운 눈은 슬픔과 고통으로 이루어져 있다. 얼어붙을 듯 차가운 눈빛으로 그 진심을 숨기고 자신을 지켜왔던 것이다.

"아……."

무언가 보이지 않는 힘에 사로잡혔다.

그런 느낌이 들었다.

긴장하고 있던 팔다리에서 힘이 빠졌다.

그러나 그 눈빛에서 벗어날 수는 없었다. 맑고 검은 눈동자에 마음을 통째로 사로잡힌 채…….

황제의 입술이 다시 귀 쪽을 덮쳐왔다. 이가 귓불을 깨물고 혀가 귀 뒤를 핥았다.

하지만 이령은 더 이상 반항하지 않았다.

거부할 수 없다. 황제가 원하는 대로 다 해주고 싶다. 그것으로 이 슬픈 눈을 한 사람에게 조금이라도 평안을 줄 수 있다면…….

이령은 넓은 등에 살며시 팔을 둘렀다. 그 손길을 느낀 황제가 이령을 지긋이 바라보았다. 두 눈이 마주치자 커다란 손이 그녀의 가슴을 감싸 쥐었다. 태어나 처음 맛보는 감각에 온몸에 전율이 인다. 안 된다는 것은 잘 알고 있었지만, 그래도 상관없다고 생각했다.

*　　*　　*

눈을 떴을 때는 이미 날이 밝고 있었다.

'여기가 어디지……?'

잠시 생각하던 이령은 햇빛이 잘 드는 큰 창 덕분에 평소보다 일찍 눈 떴다는 것을 깨닫고 자신이 어디에 있는지 알아차렸다.

'그렇지. 어제는…….'

어젯밤이 남 일처럼 실감이 나지 않았다. 황제의 넓은 가슴 안에서 이리저리 휘둘리며 고통을 계속 참아냈던 것도 그저 꿈같다. 머릿속에 구름이 낀 듯 흐릿한 기분으로 이령은 자신의 몸이라고 느껴지지 않을 정도로 무거운 몸을 겨우 일으켰다. 옆에는 황제 폐하가 잠들어 있었다.

평소의 엄숙한 황제는 보는 사람을 압도하는 권위가 있어, 이령과 비슷한 연배일 텐데도 훨씬 나이 들어 보였었다. 하지만 지금 이렇게 보니 그도 한 명의 젊은이에 지나지 않는다. 눈을 감고 입술로 평온한 숨을 내쉬고 있다. 높은 콧마루, 수려한 이마. 굽은 곳 하나 없이 쭉 뻗은 목덜미를 덮은 머리카락은 눈동자와 마찬가지로 칠흑같이 검다.

이 사람이 어제 나를 능욕한 남자. 십육야의 밤을 아픔으로 물들게 한 남자.

'나의 첫…….'

꽉 움켜쥐어지는 듯한 통증이 가슴에 느껴진다. 어쩌다

이렇게 되었을까? 연유는 알 수 없지만 황제는 여자를 싫어한다. 후궁에 있는 수천 명의 미인 중 누구 하나 손대지 않았을 정도로 고집스러운 신념이었다. 그런데, 어째서? 어젯밤에는 무슨 변덕으로 그녀를 안았단 말인가.

'너무 취하셨던 걸까?'

그래서 이령을 '요괴'라고 부르고 '죽이라'는 둥 헛소리를 하신 거다. 모든 것은 술이 빚어낸 환상. 그렇지 않으면 황제가 그런 짓을 할 리 없다.

"폐하……."

이령은 황제가 깨지 않도록 살며시, 아주 살며시 황제의 어깨에 손가락을 뻗었다.

넓은 어깨. 두터운 가슴. 강한 팔. 전쟁으로 단련된 몸이 여기에 있다. 어깻죽지에는 날카로운 것으로 베인 듯한 큰 상처가 있었다. 그곳만 다른 부분보다 옅은 책을 띠고 보기 싫게 솟아 있었다. 필시 전쟁 중에 입은 상처이리라. 황제의 옷 아래 이런 상처가 있었을 줄은 전혀 몰랐다.

그뿐만이 아니다. 황제 폐하는 필시 더 많은 상처를 안고 있을 것이었다. 몸은 물론 마음에 깊이깊이 새겨진 상처가 지금도 그를 괴롭히고 있다…….

문득 몸 안쪽에서 강한 충동이 끓어 올랐다. 지금 눈앞에 있는 이 커다란 등을 안고 싶다. 상처를 치료하지는 못하더라도 적어도, 그 등을 안고 따뜻하게 해주고 싶다.

거부하기 힘든 그 충동을 힘겹게 떨쳐내고 이령은 황제

의 몸에서 손을 뗐다.

안 될 일이다. 그랬다가는 황제 폐하가 깰 것이다. 황제 폐하는 어제의 일을 그저 꿈이라 생각하겠지. 어제 안은 것은 이령이라는 여자의 몸이 아니라 그의 마음속에 살고 있는 환상의 요괴.

그렇다면 지금 그녀가 할 일은 단 하나. 그가 잠에서 깨기 전에 여기를 벗어나야 한다. 환상 속 요괴인 채로 모습을 감춰야 한다.

우선 샘으로 돌아가자. 그리로 가서 옷을 챙겨 입고 날이 밝기 전에 방에 돌아가야 한다. 그리고 아침이 되면 아무렇지 않은 얼굴로 조전에 나가야겠지. 황제 폐하의 몸종으로서 어제처럼 황제를 모셔야 한다.

그러면 된다. 그것밖에 방법이 없다.

그런데, 왜? 왜 이렇게 가슴이 아플까.

이령은 아파오는 가슴을 양손으로 누르며 잠든 황제 폐하의 얼굴을 들여다보았다. 푹 잠든 그는 눈을 뜰 기색이 없다. 이령은 황제의 눈초리에 살짝, 아주 살짝 입을 맞추었다. 그렇게 깃털처럼 가볍게 만났다 멀어지며, 그것으로 십육야의 밤은 끝날 터였다.

그런데…….

강한 힘이 팔목을 붙잡았다. 황제의 강한 눈빛이 이령을 바라보고 있었다. 그대로 끌어당겨 이령을 안자 그녀는 다시 넓은 가슴의 포로가 되어버렸다.

'일어나 계셨구나.'

이령이 어떤 태도를 취하는지 잠든 척 지켜봤던 모양이다. 이령은 초조해졌다. 어떻게든 벗어나려 해도 힘으로 이길 수 없는 것은 이미 알고 있다.

황제는 한쪽 팔로 그녀를 안은 채 몸을 일으키고 손가락으로 비단 위를 쓸었다.

"요괴도 피를 흘리는군."

새하얀 비단 위에 어제 이령이 남긴 피가 빨간 꽃을 피우고 있었다. 파과(破瓜)의 아픔과 정신이 아찔해지는 수치심에 이령의 볼이 빨갛게 달아올랐다.

황제는 새빨간 그 볼에 입 맞추고는 귀에다 명령했다.

"사흘 후 밤, 이곳에 와라."

이령은 세차게 고개를 저었다.

더는 안 된다. 어젯밤 일은 과오였다. 과오를 다시 저지를 수는 없다.

하지만 황제는 물러나지 않았다.

"오지 않겠다면, 이대로 가둬두는 수밖에. 다시 여기서 못 나가게 하겠다. 너를 새장 속 새처럼 죽을 때까지 다른 이에게 보이지 않겠다."

깜짝 놀란 이령이 몸을 틀어 황제를 보았지만 그 눈동자는 그저 차갑게 빛나고 있을 뿐. 따르지 않으면 용서치 않겠다고 눈빛으로 말하고 있다.

'…아…….'

아연실색하여 움츠러든 이령의 목덜미에 황제의 입술이 닿았다.

"약속하라."

명령에 익숙한 목소리.

"약속하면 오늘은 돌려보내 주겠다."

그런데 어딘가 애원에 가까운 울림이 느껴지는 것은 기분 탓일까?

주저하고 또 주저하다가 결국 이령은 고개를 끄덕였다. 거절할 수 없다. 황제 폐하를 거스를 수 없다. 그것은 내가 황제 폐하의 몸종이라서? 명령대로 따르는 데 익숙해졌기 때문에?

'아니야……. 그런 게 아니야.'

하지만 이게 무슨 기분인지는 스스로도 알 수 없다.

황제는 팔의 힘을 풀었다. 여전히 알몸인 이령은 서둘러 황제의 팔에서 빠져나왔다. 서둘러 그 자리를 벗어나려는데 다시 그 팔에 잡혔다. 움찔하는 그녀를 보고 씁쓸하게 웃으며, 황제가 이령의 어깨에 옷을 둘러주었다.

"……."

"약속, 잊지 마라."

폭 안겼던 몸을 혼신의 힘을 다해 빼낸 것은, 그렇게 하지 않으면 돌아가지 못할 것 같아서였다. 이령은 황제가 둘러준 옷을 앞으로 잡아 여미며 서둘러 별궁을 빠져나갔다.

황제 폐하는 무서운 분이다. 마치 마술사처럼 이령을 끌어들이고 놓아주지 않는다. 그녀의 의지도 이성도 모두 송두리째 쓰러뜨리고 자기 마음대로 휘두른다. 전혀 거역하지 못하는 자기 자신도 두려웠다.

태어나 처음 맛보는 공포에 떨며 겨우 샘까지 돌아가자, 그곳에는 옥색 옷을 입은 사람이 서성거리고 있었다.

소천이다. 보통 사람의 수십 배, 수백 배 날카로운 소천은 이령의 모습을 보고 무슨 일이 일어났는지 금방 알아차렸을 것이다. 조금 슬픈 얼굴로 그가 물었다.

"어젯밤은 폐하와 함께 있었습니까?"

"…네……."

소천에게는 거짓말을 할 수 없다. 어떤 변명을 한들 금방 눈치채겠지.

"폐하가 상냥하게 대해주셨습니까?"

소천의 손이 살짝 이령의 뺨에 닿았다. 위로하는 듯 불쌍해하는 듯 쓰다듬는 손길에 마음이 아파왔다.

"……흐, 흑……."

어제는 한 방울도 나오지 않던 눈물이 한꺼번에 흘러나왔다. 막고 있던 둑이 터진 듯 울음이 목을 뚫고 나온다.

"아아아아아앙……!"

소리 내어 울며 소천에게 매달렸다. 소천은 흐느껴 우는 그녀를 조용히 안고 부드럽게 등을 쓸어주었다.

"괜찮습니다. 지금은 울어도 돼요."

"…아아아… 흑흑……."

"울고 싶은 만큼 우세요."

그가 울지 말라 했다면 입술을 꽉 깨물고 참았을지도 모른다. 자신이 뿌린 씨앗이니 그냥 참아야 한다고 자신을 달랬을지도 모른다. 하지만 위로의 말을 들으니 마음이 한순간에 무너졌다.

응석 부려도 된다는 소천의 말. 그래, 오늘은 그 말에 기대어 울어야지. 그렇지 않으면 너무 괴로워서, 아파서 가슴이 찢어질 것 같다.

한참을 그렇게 울다가 겨우 마음이 진정되었다.

이령은 살짝 소천으로부터 몸을 때고 물어보았다.

"……그런데, 중상시님은 어째서 이곳에……?"

소천의 아름다운 얼굴에 어슴푸레 미소가 떠올랐다.

"그대가 한밤중에 나간 것은 눈치챘는데 좀처럼 돌아오지 않으니 찾으러 나왔지요. 옷이 떨어져 있는 것을 보고 이곳에서 기다리면 돌아오겠구나 생각해서 기다렸습니다."

소천은 밤새도록 이곳에서 기다려 준 것이다. 이령이 황제 폐하의 노리개가 되어 있던 한밤 내내 계속…….

"…죄송해요……."

모든 것은 자신의 탓이었다. 어젯밤 이곳에 오지 않았더라면, 얌전히 별채에 있었더라면, 소천도 이렇게 고생할 필요가 없었다.

"아니에요."

소천이 미소 짓는다.

"그래서, 폐하는 뭐라 말씀하셨습니까?"

"아……."

가슴에서 철썩, 큰 물결이 일었다. 황제 폐하를 떠올리는 것만으로 가슴이 욱신거린다. 숨도 쉬지 못할 정도로.

신음이 섞인 목소리로 이령이 답했다.

"사흘 후 다시 이곳에 오라고……."

"사흘 후……. 뭐라 답했습니까?"

"약속해 버렸어요. 그렇지 않으면 돌려보내지 않겠다고 하셔서. 그대로 가둬두고 밖에 내보내지 않으시겠다고 폐하께서……."

그 일이 다시 떠올라 울음이 터졌다.

"…우웃……."

울음을 참으려 입술을 깨물자 소천이 부드럽게 안아주었다.

"…령……."

가족밖에 부르지 않는 그녀의 휘.

"가엾게도……."

휘를 불러주는 그 울림이 너무도 부드럽고 아련하게 이령의 마음을 감쌌다.

*　　*　　*

서둘러 소천의 집으로 돌아간 후 황제가 신전에서 기도

를 마치고 올 시간에 맞추어 평소처럼 제자리로 나가 섰다.

너무 울어 퉁퉁 부은 눈 때문에 황제가 눈치채지 않을까 조마조마하며 모습을 살폈지만 평소와 다름없이 행동하는 것을 보니, 역시 황제는 전혀 모르는 눈치다.

정말 그녀를 요괴라 생각하는 것일까?

그렇다면 요괴가 사람의 생기를 빼앗는다는 것을 알면서 왜 그 요괴를 안았단 말인가. 스스로 목숨을 내던지는 그런 무서운 행동을 대체 왜……?

그렇게 아무 일 없이 시간이 흘러 사흘 후.

약속의 밤이었다.

머리 위에는 원이 이지러지기 시작한 달이 떠 있다.

하늘을 반쯤 덮고 있는 구름 사이로 때때로 얼굴을 내밀어 어리석은 그녀를 지켜보고 있는 달.

"다 되었습니다. 령."

이령의 머리를 묶어 올려 비녀를 찌르고서 소천이 미소 지었다.

"아름답군요. 정말……."

비록 이런 상황이라도 '아름답다'는 칭찬은 기뻤다. 수줍어하며 엷게 볼을 물들이며 소천을 올려보았다.

"감사합니다. 중상시님."

황제 폐하와의 약속을 위해 소천은 비단으로 된 속옷, 길지 않은 윗옷과 허리에 감아 입는 치마를 마련해 주었다. 윗옷에는 작은 꽃무늬가 귀엽게 수놓아져 있고 옷깃과 소매 끝, 옷자락에는 초록이 감도는 청색 띠를 둘렀다. 풍성한 치마는 발목까지 내려오는 것으로, 윗옷 테두리보다 조금 더 짙은 청색이 고왔다. 허리띠를 두르고 비취 옥패를 늘어뜨렸다. 그리고 맨 위에는 등나무 꽃처럼 보랏빛이 도는 분홍색의 얇은 옷을 걸치고 있다.

하나부터 열까지 곱고 부드러운 비단이다.

이토록 화려하고 고운 옷은 보는 것도 입는 것도 난생처음이었다.

'마치 후궁전에 사는 마마님들 같아.'

그런 마음에 살짝 들떴지만 그 기분은 금방 사라졌다. 지금 자신은 그런 처지가 아니다. 과오를 반복하러 가는, 그저 어리석은 사람일 뿐.

하지만 그녀가 후궁에 사는 후비였다면 황제의 진짜 모습은 절대 못 보았을 것이다. 그것만으로도 기뻤다. 그런 생각에 고개를 숙이고 있는 이령의 뺨에 부드러운 손길이 닿았다. 소천이 상냥하게 말했다.

"정말 알아보기 힘들겠어요."

"…네……."

"누군들 그대를 폐하의 몸종인 이자영이라 생각하겠습니까."

그 말에 조금 안심이 된다. 일이 이렇게 된 지금도 황제에게 정체를 들키고 싶진 않았다. 황제에게 자신은 정체 모를 요괴. 그편이 낫다. 차라리…….

소천은 앉아 있는 이령 앞에 무릎을 꿇고 앉아 양손으로 그녀의 손을 감싸고 표정을 살폈다.

"혹시……."

언제나 막힘없이 말하던 소천이 드물게 망설이는 목소리로 말을 흐렸다.

"혹시, 그대가 정말 싫다면 도망치게 도와줄 수도 있어요."

"중상시님."

"어디든…… 서역의 사막 저 멀리에서라도 둘이 살까요? 나는 이 목숨과 바꾸게 되더라도 그대를 지킬 겁니다."

깜짝 놀랐다. 상상도 못해본 일이었다. 도망? 소천과 둘이서, 저 황제 폐하를 피해서?

"아, 안 돼요!"

저도 모르게 대답이 튀어나왔다.

"그건 안 돼요……. 중상시님께 지금까지도 이렇게 신세를 졌는데, 더 이상 폐를 끼칠 수는 없습니다. 제가 어떻게 그런……."

소천의 말대로 도망친다면 그는 모든 것을 잃게 된다. 중상시라는 직책과 황제의 신뢰를 비롯한 모든 것을. 그건 안 될 말이다. 나를 위해 황제 폐하를 배신하게 하다니, 절대 그래서는 안 된다.

그리고…….

"그리고, 폐하와 약속한 걸요……."

"…령……."

"저는 그 약속을 배신할 수 없어요."

그 말에 소천이 살짝 눈썹을 찌푸렸다. 하지만 곧 표정을 풀고 평소의 미소를 되찾았다.

"그래요. 그대의 뜻이 그렇다면."

"중상시님, 저는……."

소천은 더 말하지 말라는 듯 검지로 그녀의 입술을 막았다.

"괜찮습니다. 나는 언제나 그대 편이니."

"……."

"그대와 폐하 사이에 무슨 일이 있든 그것은 변함없으니, 기억해 주세요."

어째서? 이 사람은 왜 내게 이렇게까지 잘해주는 거지? 이런 어리석은 나를 위해서…….

"그럼, 갈까요."

빙긋 웃으며 소천이 일어섰다.

"서두르지요. 폐하께서 기다리시겠습니다."

"네……."

고개를 끄덕이며 이령도 일어섰다.

소천은 그렇게 가는 길의 중간까지 배웅해 주었다. 조금만 더 가면 샘이 보이는 곳에서 '여기서부터는 혼자 가세요' 하며 돌아섰을 때는 정말 울 뻔했다.

구름 사이로 살짝살짝 고개를 내미는 달빛에 의지하며

어두운 정원을 걷는다. 어둠에 눈이 익어 길을 잃지야 않겠지만 너무도 불안했다. 이령의 머리에 소천이 돌아가며 거듭 주의를 주었던 말이 떠오른다.

"혹시나, 용종이라도 잉태하게 되면 아무에게도 말하지 마세요. 아무도 모르게 하고, 가장 먼저 내게 상의해야 합니다."

사흘 전의 일이 너무 충격적이라 미처 거기까진 생각하지 못했다. 이미 그런 일이 생겼을지도 모른다. 혹시 오늘도 황제 폐하께 안기게 된다면 그 가능성이 훨씬 높아질 것이다.

아이.

황제 폐하에게는 아직 아이가 없다. 혹시 남자아이가 태어난다면 후사를 잇게 된다. 하지만 '요괴'가 과연 용종을 잉태할 수 있을까? 생각하면 할수록 자신의 미래가 막막해졌다. 소천은 그런 일까지 생각하고 '도망을 돕겠다'고 했는지도 모른다. 결국 자신의 생각이 짧았던 것이다.

'난 정말, 매번…….'

앞일도 생각하지 않고 기세 좋게 달려 가버리는 버릇. 필요 없는 한 마디를 덧붙이게 되는 것도 이 성격 탓이다. 좀 더 사려 깊은 성격이었다면 좋았을 것을. 그러면 이런 괴로움을 겪지 않아도 되었겠지.

나무숲이 줄어들고 샘이 보였다. 샘가에 누군가 서성이

고 있다. 곧은 장신의 남자가 희미한 달빛을 받으며 이쪽을 보고 있다.

그 눈빛이 다시 그녀를 사로잡았다. 그렇게 느낀 순간 황제가 저벅저벅 걸어와 이령의 허리를 강하게 안아 올렸다.

"…읏……."

난폭한 손길. 하지만 그만큼 기다렸다는 증거인지도 모른다. 원하는 대로 해석하고 마는 자신을 깨닫자 마음이 욱신거렸다.

하지만 그런 기대는 곧 무너져 버렸다.

"누가 이렇게 꾸미라고 했지?"

황제 폐하의 목소리가 너무도 냉담했다.

"어차피 벗을 텐데 의미 없는 일을."

소천처럼 아름답다고 칭찬해 주리라곤 기대하지 않았지만 그래도 '의미 없다'는 말은 너무 슬프다. 새삼 황제에게 자신이 어떤 의미인지 깨달았다. 황제가 자신에게 갖고 있는 감정이란 마치 진귀한 새를 손에 넣었을 때와 같은 것이다. 그 새의 감정 따위 아랑곳하지 않고 자기 하고 싶은 대로 즐기고 희롱하는 것.

'그렇지만 나는…….'

거센 팔 안에서 떨며 황제의 검은 눈동자를 올려다보자 황제는 깨물 듯 거칠게 입맞춤을 해왔다. 입술과 입술이 만나는 것만이 입맞춤이 아니다. 입맞춤은 상상한 것보다 훨씬 흉포하고 음란한 것이었다. 이령은 황제의 입맞춤으로 그것을 처음 깨달았다.

혀를 얽고 숨결을 빼앗으며 이령의 입술을 마음대로 유린하던 입술이 멀어졌다.

'…읍…….'

숨이 차고 머리가 어질어질하다. 버티지 못하고 눈앞의 넓은 가슴에 매달리자 황제는 말없이 이령을 안아 올렸다. 얌전히 안겨 있으면서도 이령은 감탄할 수밖에 없었다.

사람 하나를 이렇게나 가볍게 들어 올리다니 얼마나 강인한 팔인가. 소년의 몸으로 전장에서 엄청난 공을 세웠다고는 듣긴 했지만, 과연 그냥 소문은 아니었던 모양이다.

사흘 전 그날 밤처럼 별궁 침실로 가는가 했더니 황제는 회랑을 쭉 지나와 별궁 반대쪽으로 향했다. 별궁 뒤편에는 정원이 숨겨져 있었다. 넓진 않지만 소쇄(瀟洒)한 정원이다. 맨 처음 눈에 들어온 것은 중앙에 만들어진 인공 연못.

한가운데를 지나는 다리가 연못을 두 개로 나누고 있었는데, 좁은 쪽은 연잎이 빼곡히 늘어서 있고 넓은 쪽은 수초가 은밀히 숨어 있었다.

연못 주변에는 버드나무, 싸리나무, 철쭉 등이 보기 좋게 심어져 있었다. 계절별로 제각각 꽃을 피워 이 정원을 곱게 채색할 것이라 생각하니 마음이 살랑였다. 필시 그 풍경은 천상의 정원처럼 아름다울 것이다.

그렇게 감탄하는 동안 정원이 가장 잘 내려다보이는 곳에 위치한 정자에 도착했다. 황제는 그녀를 긴 의자에 내려놓았다.

주저할 틈도 없이 뒤에서 강한 힘을 실은 양팔이 뻗어 나와 이령의 허리를 꽉 안았다.

“…앗…….”

온몸이 황제의 체온에 폭 덮였다. 무섭지는 않았다.

하지만 마음속에는 폭풍이 이는 듯, 너무도 심장이 빨리 뛰어서 당장에라도 가슴이 갈기갈기 찢어질 듯하다.

황제는 이령의 등 뒤에 흘러내리는 긴 머리를 모아 쥐고 하얗게 드러난 목덜미에 입을 맞췄다.

“보고 싶었다…….”

황제의 속삭임이 뜨거웠다. 너무나 뜨거워 그 숨에 화상을 입을 듯했다.

“네가 보고 싶어서 사흘 동안 미치는 줄 알았단 말이다.”

마치 달콤한 연인의 대사 같다.

‘폐하는 이런 식으로 사랑을 속삭이시는구나.’

그렇게 생각하는 한편 이령의 마음은 오히려 식어간다. 황제가 기다리던 것은 내가 아니다. 요괴가 가져다줄 최고의 쾌락, 아니면 죽음? 어느 쪽이든 황제가 찾고 있는 것은 환상이다. 이 세상에 없는, 다른 세상에서만 존재하는 것.

‘역시, 폐하는 눈치채지 못하셨어.’

사실은 사흘간 계속 옆에 있었는데. 눈치채지 못한 것이 조금 서운하지만…….

그렇다면 나도 다른 여자가 되어야 한다. 이렇게 여자의 모습으로 황제 폐하의 옆에 있는 동안 나는 이령이 아니다. 황제의 환상 속에 사는 요괴이다.

아쉬운 듯 이령의 목덜미에서 입술을 뗀 황제는 탁자 위에 있던 잔을 들었다.

"따라다오."

작은 종 모양 병을 들어 쭈뼛쭈뼛 잔에 대고 기울이자 호박색 액체가 가득 찼다.

'십육야의 그날 밤도 여기서 술을 드셨을까?'

마음이 조여지는 듯 아팠다. 이 나라의 유일무이한 황제 폐하. 이 세상에서 손에 못 넣을 것이 없는 분. 그러나 사실은 이렇게나 외로운 분…….

갑자기 끓어오른 안타까움에 시선을 들어 호박색 술을 삼키는 황제의 표정을 살폈다. 검은 눈동자에서는 생각을 읽을 수 없었다. 그저 조용히 달빛을 비추고 있다.

"너도 마실 테냐?"

미처 대답하기도 전에 황제가 잔을 내밀었다. 신비한 색을 띤 잔이다. 돌도 아니고 금속도 아닌 반쯤 투명하게 비춰 보이는 연녹색. 이런 색은 난생처음 보았다.

'아름답다…….'

빤히 보고 있자 황제가 살짝 웃었다.

"신기하지?"

이령이 끄덕였다.

"유리라는 것이다. 희국보다 더 먼 서쪽에서 온 것이지."

그렇게 말하며 황제는 이령이 든 술잔에 호박색 술을 채웠다. 이령은 살짝 잔에 입을 대보았다. 순간, 확 타오를 듯한 쓴맛이 입안에 퍼졌다. 정말 독한 술이다. 이모 댁에서 가끔 본 황주(黃酒, 중국(中國) 술의 한 가지. 누룩과 차조, 또는 찰수수 따위로 만드는데, 엷은 갈색 또는 검은 갈색을 띤 독한 술)와는 차원이 달랐다. 어쩌지도 못하고 눈썹을 찌푸리고 있자 황제가 작게 웃으며 잔을 가져갔다. 그리고 그대로 한 번에 비운 후 손으로 잔을 만지작거리며 중얼거렸다.

"어렸을 때 나는, 자라서 어른이 되면 꼭 서국에 가보려고 생각했었지. 서국에는 진귀한 것들이 넘쳐난다더군. 꽃도 동물도 건물도 사람도……. 그 모든 것을 내 눈으로 보고 싶었다."

"……."

"그때는 믿어 의심치 않았지. 어른이 되면 어디든 원하는 곳에 갈 수 있다고. 하지만 막상 어른이 되고 나니 그렇게 자유롭게 사는 건 날개 달린 새뿐이더군."

황제의 목소리는 담담하고 차분했지만, 그래서 더 이령의 마음을 슬프게 했다.

이 나라의 모든 권력을 손에 쥔다는 것은, 나라의 모든 일에 혼자 책임을 진다는 것이기도 하다. 그 책임의 무게를 황제의 옆에서 일하며 처음 알았다. 생각해 보면 황제만큼 자유롭지 못한 사람은 없으리라.

"노래를 불러다오."

황제가 이령의 귓불을 깨물었다.

"그때 그 노래를, 나를 위해 불러다오. 요괴여."

뜻도 모르는, 서역의 노래.

아마도 황제는 그 노래가 먼 서역에서 온 것을 알았을 것이다. 혹은 노래 속에 깃든 서국의 분위기가 황제의 마음을 흩트려, 이령을 이런 운명에 끌어들였는지도 모른다.

이령은 가늘고 높은 목소리로 노래하기 시작했다. 그 내용은 모르지만 예전에 누군가가 '그건 사랑 노래야' 하고 알려주었던 기억이 났다.

너무 사랑하는 이에게 마음을 전하지 못한 슬픔을 담은 노래. 옛날 이령의 거문고 소리에 맞춰 부르고 있었을 때는 마냥 즐거웠는데, 지금은 어째서 이토록 가슴이 아플까?

황제는 잠시 이령의 노랫소리에 귀를 기울이다가 이윽고 그녀를 자신의 무릎 위에 앉혔다. 큰 손이 옷깃 사이로 쑥 들어와 이령은 저도 모르게 몸을 움츠렸다.

"멈추지 마라."

억양 없는 목소리로 이령에게 명령한다.

"계속하라."

이령은 노래를 이어갔다.

"아름다운 목소리다."

황제가 귀를 깨물며 속삭였다.

"요괴가 되기 전의 너는 아마도 노래를 잘하는 작은 새였을지도 모르겠군……."

옷 안에서 큰 손바닥이 부드러운 가슴을 움켜잡았다. 그대로 손가락이 가슴 끝의 돌기를 꽉 쥐자 이령은 저도 모르게 몸을 떨었다.

"읏……."

정제를 알 수 없는 느낌에 몸이 안에서부터 녹아버릴 듯한 떨림.

몸을 펴자 느슨해진 옷자락 사이로 젖가슴이 드러났다. 황제는 이령이 보라는 듯 일부러 눈앞에서 천천히 가슴을 주물렀다. 그 손가락 사이로 엿보이는 새하얀 피부는 자신의 것이라 생각지 못할 정도로 음란하게 느껴졌다. 한가운데 꽃봉오리처럼 솟은 돌기는 더 만져 달라고 조르듯 볼록 솟아 있다.

"…아앗……."

수치심과 동시에 음란한 열이 솟아 몸 안이 다 타버릴 듯하다. 숨이 흐트러지고 노래하는 목소리도 흐트러진다. 하지만 황제는 용납지 않았다.

"노래를 계속해라."

날카로운 목소리는 그녀를 조롱하는 것인가, 아니면 추궁하는 것인가.

"겨우 가슴을 조금 만졌을 뿐이다. 이 정도로 노래를 멈출 정도로 느끼고 있는 건가?"

이령은 작게 고개를 젓고 가느다란 목소리로 노래를 계속했다.

이번에는 황제의 손이 치맛자락을 열고 들어왔다. 훤히 드러난 허벅지를 손으로 쓸고 천천히 기어올라 이령의 한가운데에 닿았다. 그곳은 이미 그녀 자신도 느낄 정도로 촉촉이 젖어 있었다.

어쩌다 이렇게 되었는지 알 수 없었다. 황제의 손길이 닿으면 자기 의지가 전혀 미치지 못하는 그곳이 마음대로 뜨거워지고 음란하게 조여들기 시작한다. 어찌할 바를 모르고 떨고 있는 이령의 몸 안에 천천히 손가락이 들어왔다.

채 피지 않은 꽃망울처럼 굳게 닫혀 있던 그곳이 폭신하게 열을 품고 스스로 황제의 손가락을 맞아들이듯 피어났다. 손끝은 촉촉이 젖은 꽃잎 사이를 아무 저항 없이 지나 깊디깊은 늪 속에 빠져들었다.

"벌써 이렇게 젖다니?"

귓가에 황제의 은근한 웃음이 와 닿는다.

"겨우 며칠 전 처음 남자를 안 몸이라고는 생각지 못할 정도다."

수치심에 볼이 달아오른 이령은 작게 고개를 저였다.

'아니야……. 그런 말 마세요…….'

비참하고 천박한 이런 나를 보지 마세요.

"그게 아니면……."

황제가 잘근, 귓불을 씹었다. 마치 벌이라도 주듯.

"그게 아니면, 다른 남자라도 만나 배운 건가?"

"…읏……."

"처녀인 척 행동하는 법이라도 일러주던가?"

아니야!

큰 소리로 부정하고 싶었지만, 그러지도 못하는 이령은 입술을 세게 깨물었다.

아니다. 그것은 오해다. 그런 일 따위 없다.

'난 정말 아무것도 모르는데…….'

황제가 한 마디만 더 채근했어도 목소리를 낼 뻔했다. 정체가 들키든 말든 이런 말도 안 되는 오해는 참고 있을 수 없었다.

하지만 그런 것은 아무래도 좋았는지, 황제는 깨물던 귓불을 부드럽게 빨았다. 귓불을 핥던 혀가 귀 안까지 들어오니 점점 더 열이 올랐다.

그 상태에서 한 손은 가슴을 주물렀고 또 한 손은 그녀의 몸 안쪽을 문지르며 깊은 늪 속을 휘젓듯 들어갔다 나오기를 반복하고 있었다. 몸 중에서도 특히 예민한 곳을 동시에 만져지니 등줄기를 따라 달콤한 전율이 인다. 저도 모르게 앙다물었던 입술이 벌어졌다.

"하아…… 아아……."

조금 쉰 목소리가 새어나왔다.

"……작은 새여. 노래를… 노래를 계속해라."

"…으읏……."

"노래를 하라고 했다."

명령에 못 이겨 이령은 다시 입술을 열고 노래를 불렀다.

도저히 거역할 수 없었다. 그저 황제를 위해 노래해야 한다. 그 생각뿐이었다.

쾌락에 젖은 노랫소리가 끊길 듯 말 듯 이어졌다. 황제는 그걸로 만족했는지 상이라도 주려는 듯 뒤편에서 이령의 볼에 입을 맞추었다.

그녀의 늪을 파고들던 손가락이 늘었다. 갑자기 커진 압박감에 몸을 틀려 했지만 황제는 그녀의 허리를 붙잡고 꼼짝 못하게 했다.

"…아아앗……."

순간, 알 수 없는 떨림이 몸을 관통한다. 몸이 마음대로 움찔움찔 경련하다가 허리 깊숙이 무거운 열기가 흥건히 쌓인다.

"하…… 아아……."

뭐지? 이 초조함. 몸이 열을 원하고 있다. 이것으로는 부족하다는 듯 더욱더 뜨겁게 해달라고 제멋대로 굴고 있다.

더 이상 노래를 할 수 없었다. 입술은 조급하게 숨을 뱉어낼 뿐, 음을 잇지 못했다. 축, 젖은 소리와 함께 손가락이 빠져나갔다. 갑자기 찾아온 공허감에 이령이 몸을 떨었다.

이령의 그곳은 황제의 손가락을 강하게 삼키고 있었다. 절대 놓지 않겠다는 듯, 음란하게 꿈틀거리다 빠져나가는 손가락을 뒤쫓는다.

황제는 이령의 허리를 감싸고 이번에는 마주 앉도록 돌려 무릎 위에 앉혔다. 치마도 허리띠도 이미 어딘가로 떨어져 버린 후. 윗옷도, 겉옷도, 비단 속옷도, 모두 앞이 벌어져 힘없이 어깨에 걸쳐져 있을 뿐이다. 볼록 솟은 가슴도, 억지로 벌려진 다리 사이도, 이제 아무것도 감출 수 없었다.

수치심과 쾌락으로 눈초리가 빨갛게 물든 이령의 손을 잡은 황제는 자신이 지닌 욕정의 증거 쪽으로 그 손을 끌었다. 그곳은 깜짝 놀랄 정도로 딱딱하고 컸다. 넘칠 듯 터질 듯 팽팽해져 열이 끓어오르고 있다. 흠칫하며 손을 빼려 하자 그보다 빨리 황제의 큰 손이 이령의 손을 눌렀다. 이령의 손바닥 아래, 그곳만이 체온과는 차원이 다른 뜨거움으로 고동치고 있었다. 여자인 이령에게는 없는 것. 처음 만져본 것. 이것이 인간의 일부라니. 그때 이런 것이 내 몸 안에 들어왔던가, 하고 생각하니 어쩐지 두려워졌다.

황제는 잔뜩 긴장한 이령에게 살짝 입 맞추고는 속삭였다.

"내가 무서우냐?"

이령은 잠시 생각하다가 작게, 아주 작게 고개를 저었다.

두렵기는 하다. 그래도 두려운 것은 황제의 진짜 모습이 아니다.

"그럼 왜 이렇게 떨고 있지?"

그것은 아마도 십육야의 기억 때문. 그날 황제가 그녀에게 안겨준 파과의 고통은 아직 이령의 기억 속에 생생했다. 그것이 자꾸 그녀를 움츠러들게 했다.

"왜 그러지? 왜 아무 대답이 없느냐?"

재촉하는 목소리가 냉담했다.

"내 물음에 끄덕이는 것을 보면 내 말은 알아듣는 모양이지. 노래를 할 수 있으니 소리도 낼 수 있는 것이고. 대답 못할 이유가 없지 않느냐?"

주저하는 그녀 때문에 몸이 단 것인지 황제의 목소리가 점점 차가워졌다.

"대답하라. 그렇지 않으면 두 번 다시 노래하지 못하도록 혀를 잘라 버리겠다."

그 말이 황제의 진심이 아닌 것은 알고 있다. 일부러 심술궂게 굴어 몸종인 자기를 괴롭히는, 바로 그 황제 폐하가 여기 있다.

마음속에 작게 웅크리고 있던 무언가가 확 풀리는 듯한 기분이었다. 그 느낌이 팔 끝, 다리 끝까지 퍼져서 딱딱하게 굳어 있던 몸이 풀렸다.

지금 눈앞에 있는 남자는 내가 그토록 좋아하는 황제 폐하. 솔직한 마음을 말하면 필시 받아들여 주실 것이다. 적어도 이령이 알고 있는 황제 폐하는 그런 분이었다.

이령은 황제의 얼굴을 올려다보고 황제의 손바닥에 눌려 있던 손을 빼냈다. 황제는 이령이 무엇을 하는지 아무 말 없이 지켜보았다. 그 뜨거운 시선을 느끼며 이령은 오른손 검지를 황제의 가슴에 가져갔다. 벌어진 옷깃 사이로 늠름한 가슴이 보인다. 따뜻했다. 그 온기에 다시 긴장할 뻔했지만 이령은 황제의 가슴에 천천히 손가락으로 글을 썼다.

'아픈 건 싫어요.'

말을 할 수 없다면 글자로, 쓸 붓이 없다면 손가락으로.

유치하지만 최선의 방법이었다. 이것으로도 황제 폐하는 알아주시겠지.

순간, 무언가를 생각하는 표정을 짓던 황제 폐하는 곧 웃음을 터뜨렸다.

"이런 불쌍한 요괴를 봤나."

"……."

"그때, 그렇게 아팠던가?"

끄덕, 이령의 고개가 크게 움직이자 황제는 이제야 알겠다는 표정을 지었다.

"별수 없지. 처녀란 그런 것이다."

남녀의 만남은 정말 멋진 것이라 생각해 왔다. 옛날이야기 속 연인들은 그렇게 행복한 얼굴로 기대어 있지 않았던가. 그런데 그 만남 뒤에 이런 현실이 기다리고 있다니 어째 좀 속은 기분이었다. 불만 가득한 얼굴로 황제를 쏘아보자, 이령을 안고 있던 황제의 팔에 조금 힘이 들어갔다.

"혹시 이것이 너의 농간이라면, 너는 정말 나쁜 요괴다."

혼잣말이었는지 그 중얼거림이 조금 거칠다.

"이 이상 나를 포로로 만들어 어쩔 셈인가?"

비난받는 것은 어쩔 수 없다. 하지만, 자신은 농간 따위 부린 적이 없었다. 오히려 휩쓸리는 데로, 흐르는 대로 따라오다 보니 이렇게 된 것이다. 그런데 왜 황제 폐하는 이런 말을 하시는 걸까?

이상하게 생각하며 황제를 바라보자, 그는 이령의 등을 부드럽게 어루만지며 속삭였다.

"괜찮다. 걱정하지 않아도 된다."

황제의 눈동자 속에 미소가 떠올랐다.

"오늘 밤은 아프게 하지 않으마."

뜨거운 그 눈빛에 심장이 두근, 크게 뛰었다. 그 열기에 순식간에 손끝까지 열이 퍼진다.

"들어간다."

황제가 속삭였다.

끄덕임이 채 끝나기도 전에 큰 손이 허리를 감싸 안더니 황제의 욕정의 증거가 날카로운 검 끝처럼 그녀의 늪으로 들어왔다. 지난번에는 한 번에 쑥 들어왔었다. 좁은 길을 한 번에 뚫고 오는 그 고통이 참기 힘들어, 서로의 몸이 만난 지점부터 등을 지나 머리 꼭대기까지 창에 찔린 듯 느껴질 정도였다……. 하지만 오늘 밤은 다를지도 모른다.

이령은 눈을 꼭 감고 마음의 준비를 하고 있었지만, 생각했던 것 같은 충격은 전혀 없었다. 이상하다 싶어 살짝 눈을 뜨다가 황제의 눈과 마주쳤다. 검은 눈동자가 지긋이 그녀를 보고 있다. 그 눈빛은 욕정으로 뜨겁게 끓고 있으면서도 여전히 깨끗하고 맑았다.

"전신의 힘을 빼라."

명령하는 목소리는 어딘지 모르게 달콤했다.

"힘을 주고 있으면 아플 게다."

그렇지만 어떻게? 이령이 작게 고개를 저었다. 어떻게 해야 힘을 뺄 수 있는 거지? 의식하면 할수록 몸이 더 굳어 버렸다.

천천히 아주 천천히, 검 끝이 그녀 안으로 들어왔다. 찌릿, 아픔이 느껴지는 듯해 황제의 어깨를 붙잡았다. 황제가 그녀를 이끌자 이령은 작게 숨을 내뱉었다. 그러자 그때를 기다린 듯, 황제가 또 허리를 움직였다.

황제는 서두르지 않았다. 사소한 변화마저 즐기듯, 인내심 있게 그녀의 몸을 열고 있었다. 그때마다 아주 조금씩 검 끝이 깊이 더 깊이 들어오는 것이 느껴진다.

몇 번이고 그것이 반복되다가 이윽고…….

찌릿, 두 몸이 닿은 곳에 열이 올랐다. 의식한 순간 그것은 실체 있는 전율이 되어 끊임없이 솟아오른다.

"…아아아……."

미처 삼키지 못한 신음이 새어나왔다.

등 뒤가 뜨겁다. 허벅지도 황제의 검을 반쯤 감싸 안은 그곳도 조금씩 떨려온다.

"괜찮아졌느냐?"

황제의 손이 그녀를 달래듯 뺨을 어루만졌다.

이령은 고개를 젓지도 끄덕이지도 못했다. 그저 얕은 숨을 반복해서 뱉어낼 뿐.

황제의 손이 이령의 목덜미를 쥐었다. 앞으로 이끌더니 입을 맞추었다. 가볍게 입술을 빨고 가지런한 이를 혀끝으로 핥았다. 그에 호응하듯 황제와 반쯤 만난 그곳이 꾸욱, 꿈틀대며 황제를 조이고 있다.

생각지도 못한 자신의 변화.

뭐지, 이 느낌은? 내 몸이 왜 이렇게 뜨겁지?

"…아아앗……."

나머지 반은 한 번에 들어왔다. 몸 안에서 이리저리 부대끼는 느낌에 소름이 돋는다.

하지만 지난번처럼 아프진 않았다. 아프기는커녕 천천히 파고드는 느낌에 애가 탈 정도였다. 더 많이 더 깊이 들어왔으면, 하고 달콤한 전율이 솟았다.

"아… 아아아……."

어느새 이령은 황제의 움직임에 맞추어 스스로 몸을 흔들고 있었다. 누구도 가르쳐 준 적 없지만, 그렇게 하면 더 기분이 좋아질 것을 자연스레 알게 된 것이다.

"습득이 빠르군."

황제가 이령을 한층 세게 안고 속삭였다.

가슴과 가슴이 완전히 맞닿아 황제의 체온이 전해져 왔다. 자세를 바꾸자 이령의 몸 안에 드나들던 뜨거운 검이 아까와는 또 다른 부분에 와 닿아 정신이 아득해질 것 같은 쾌감이 솟는다.

"…아아아……."

이제 이령은 수치심도, 주저함도, 가슴을 적시는 고통도 모두 잊고 그저 황제의 어깨에 매달려 달콤한 숨을 뱉어내고 있었다. 이 압도적인 힘 앞에 모든 것이 의미를 잃었다. 쾌락이란 얼마나 무서운 것인가.

4장

어깨 위로 사락사락 미끄러지는 검은 머리칼을 황제의 큰 손이 거칠게 움켜쥐었다. 부드럽고 탄력 있는 흑발은 그 정도로는 전혀 흐트러지지 않았다. 황제가 손을 펴자 비단 실처럼 부드럽게 손가락 사이를 빠져나갔다.

"아름다운 머리칼이다."

이번에는 머리칼을 부드럽게 쥐어 올리고 입을 맞췄다.

"묶고 있는 것이 아까울 정도이군."

부드럽고 시원하게 뻗은 검은 머리는 이령의 유일한 자랑거리. 칭찬의 말이 기뻐서 이령의 몸이 더 뜨거워졌다.

"…아아……."

몸 안에 황제 폐하의 열기가 용솟음치고 있다. 그 열기가 황제의 무릎 위에 앉은 이령을 뒤에서부터 관통했다. 천천히 드나드는 움직임에 기분 좋은 울림이 목에서 퍼져, 가녀린 노랫소리는 이미 끊어지고…….

몸을 뻗는 이령을 힘센 팔이 뒤에서 끌어안았다. 입술이 목덜미를 따라 내려온다. 그 감촉이 뜨겁다. 너무도 뜨겁다.

이령은 작게 고개를 젓고 다시 노래하기 시작했다. 끊길 듯 말 듯 이어지는 노랫소리. 그렇게라도 하지 않으면 자신을 잃을 것 같아서였다.

황제가 원하는 것은 내가 아니다. 그가 원하는 것은 환상 속 요괴. 계속 요괴인 척해야 한다. 정신 차려야 한다…….

"왜 그러지? 이제는 아프지 않을 텐데?"

황제 폐하와 여러 밤을 함께 하는 동안 고통은 사라졌다. 첫날밤 그 아픔은 대체 무엇이었나 싶을 정도로 이령의 몸은 이제 익숙하게 그를 받아들였다. 고통은 사라지고 견디기 힘들 정도의 쾌락만이 그녀를 채우고 있다.

황제는 작게 웃고는, 두 몸이 만나는 곳에 손가락을 가져갔다. 황제의 커다란 검을 감싸고 있는 그곳은 반복되는 움직임에 대단히 민감해져 있었다. 아주 조금 만진 것만으로도 어마어마한 쾌감이 몰려와서 머리 꼭대기까지 전율이 흐른다.

"…아아앗……."

입술이 풀렸다. 비명이 새어나오고 몸 한가운데가 묵직

해진다.

더는 안 된다. 이 이상 가면 미쳐 버릴 듯하다. 이령은 몸을 빼려 버둥댔지만 황제가 허락할 리 없다. 그는 더 세게 이령을 안고 손가락을 이령의 그곳으로 가져갔다…….

평소라면 조용히 숨죽이고 숨어 있었을 작은 진주는 계속되는 쾌락에 딱딱하게 솟아 있었다. 황제의 손가락이 그곳을 만지자 이령은 참지 못하고 비명을 질렀다.

"하아아아아……."

어린아이처럼 세차게 고개를 저어보지만 황제는 멈추지 않았다.

"싫으냐? 좋을 텐데, 그렇지 않느냐?"

"아아… 후우……."

"네 여기가 아플 정도로 나를 삼키고 있다. 더 많이 달라고 조르고 있단 말이다."

이령은 어쩌지 못하고 고개만 저을 뿐이었다.

거침없는 애무에 온몸이 뜨겁게 격앙되었다. 허벅다리가 작게 경련하고 발가락 끝까지 힘이 들어갔다. 무서울 정도의 도취감이다. 이령을 감싸고 삼켜 버릴 듯, 그리고…….

"…령……."

누군가 그녀를 부르는 희미한 목소리가 들렸다.

"령……. 안 들리나요, 령……."

핫, 목소리가 난 쪽을 보니 소천이 걱정스러운 듯 그녀를 보고 있다.

"무슨 생각을 그렇게? 선 채로 잠든 줄 알았습니다."

당황한 이령은 자세를 바로잡고 소천에게 고개 숙였다.

"죄, 죄송해요. 딴생각을 좀……."

외조에서는 주요 관료 전원이 모여 정기적으로 회의를 한다. 회의시간 동안 이령은 할 일이 없다. 외조 한편에 서서 회의가 끝나기를 기다리는 동안 어느새 어젯밤 기억을 떠올리고 만 것이다.

"괜찮… 나요?"

소천에게는 황제와의 밀회가 계속되고 있음을 알리지 않았다. 하지만 눈치빠른 소천이라면 이미 다 알고 있을지도 모른다. 소천의 눈가에 걱정의 기색이 어렸다.

이령은 저도 모르게 눈을 피했다.

황제 폐하와의 일을 떠올리는 것만으로도 이령의 그곳이 촉촉이 젖어 있었다. 자신은 더 이상 순진무구하지 않다. 몸 밖도 안도 황제의 색깔로 물들어 버렸다. 이렇게 피부뿐만 아니라 몸 안까지 범해지는 것일까. 여자가 된다는 것은 이런 일이었던 것이다.

몹시 나쁜 짓을 한 듯한 기분이 들었다. 찜찜한 나머지 걱정해주는 소천과 눈을 마주칠 수 없었다.

"……괜찮습니다."

이령은 억지로 미소 지으며 소천의 시선을 피했다. 그때 이후 이령은 황제와의 밀회를 계속하고 있었다. 따로 약속한 것은 아니다. 황제는 처음과는 달리 억지로 강요하지 않았다.

이령이 더 가지 않으면 이 과오는 끝낼 수 있다. 그걸 아는데도 언제나 샘 근처에서 그녀를 기다리고 있는 황제의 모습을 생각하면 도저히 그냥 있을 수 없었다.

내가 가지 않으면 끝도 없이 기다리시는 게 아닐까? 그 모습을 떠올리는 순간 이령의 발은 이미 그곳으로 향하고 있다.

설령 황제가 기다리고 있는 것이 자신이 아니라 요괴가 가져다줄 '죽음'이라 하더라도, 이 밀회가 얼마나 불길한 기운을 품고 있다 해도, 스스로도 설명할 수 없는 그 충동을 떨쳐낼 방도가 없었다.

하지만 낮과 밤을 각각 다른 사람처럼 살며 낮에도 밤에도 황제를 옆에서 모시는 것은 이령의 몸과 마음에 큰 부담을 주고 있었다. 피로 탓일까? 요즘에는 스스로 느낄 정도로 침착을 잃었다. 어디에 있든 무엇을 하든 머릿속이 흐리다. 어딘지 자신이 나 자신이 아닌 듯한 모호한 기분.

'정신 차려야 해…….'

스스로를 다잡으며 이령은 옥좌에 앉은 황제를 보았다. 그 자리에 앉아 있는 폐하는 예전과 다름없다. 차가운 눈빛으로 관료들을 내려다보는 그 모습은 너무도 엄숙해서, 매일 밤 이령과 음란한 시간을 보내고 있다는 것이 믿을 수 없을 정도였다.

낮 동안 몸종인 이량을 보는 황제의 눈에서는 아주 작은 동요도 읽을 수 없었다. 물론 밤의 이령에게 향하는 뜨거운 정열도.

역시 황제는 전혀 모르고 있는 것이다.

'괜찮아, 아직은 괜찮아…….'

나는 잘하고 있다.

하지만 한숨이 나오는 것은 어쩔 수 없었다.

회의는 순조롭게 진행되고 있는 모양이다. 요즘 회의는 회의라기보다 단순 보고로 끝나는 편이다. 그만큼 나라가 안정되었다는 것이리라. 딱히 주목할 만한 의제도 없어서 멍하니 귀를 기울이고 있자니 이윽고 머릿속에 딴생각이 가득 찼다.

이번에는 황제 폐하가 아닌 동생의 일이다.

어제 소천의 집에 돌아가니 이모로부터 편지가 와 있었다. 이모에게 몇 번인가 편지를 썼지만 소천의 말대로 황제를 옆에서 모시고 있다는 것은 알리지 않았다. 그저 '맡은 일의 특성상' 밖에 나갈 수 없다고 했을 뿐이다. 이모에게 사실을 이야기하지 않은 것은 미안했지만 알게 된다면 아는 대로 걱정이 늘지도 모른다.

긴장하며 편지를 읽어 내려갔다. 시작은 이량의 건강을 걱정하는 내용이다. 여기서 말하는 이량은 즉, 이량인 척하고 있는 이령이다.

무리하지 말거라. 몸조심하거라. 네가 돌아오고 싶다면 언제든 와도 된다.

그런 내용이 이모님다운 말로 적혀 있는 것을 보고 울고 싶을 정도로 고마웠다.

내게는 이렇게 나를 걱정해 주는 사람이 있다. 그 생각만으로 가슴이 따뜻해진다. 하지만…….

떠오르는 것은 그 검은 눈동자.

황제 폐하는 어떨까? 아버지인 선황 폐하는 이미 승하하셨다. 어머니는 황제 폐하가 직접 옥에 가두었다 하고 형제들도 직접 참살했다고 한다. 후궁인 미녀들의 사랑도 극구 거부해 온 황제 폐하에게는 밤을 함께 보낼 애첩도 없다. 외톨이다. 황제 폐하에게 이렇듯 따뜻한 말을 해주는 사람이 아무도 없다.

그래서 그렇게 환상을 찾아 헤매시는 걸까? 덧없는 요괴를 안으시는 걸까?

멍하니 생각하며 계속 읽다 보니 마지막에 에둘러 적혀 있는 것은 이량이 아직 행방불명이라는 것이었다. 아무래도 들려오는 소문 하나 없는 모양이다. 사정이 사정이니만큼 공공연히 부탁을 할 수도 없다. 남들 모르게 사람을 찾는다는 것은 역시 힘든 모양이다.

낙담했다. 이량이 무사히 잘 있는지 궁금한 마음은 거짓이 아니다. 하지만 동시에 자신 안에서 솟아오른 감정을 눈치챈 이령은 아연실색하고 말았다.

안도하는 마음.

동생이 아직 행방불명이라는데 안도라니. 그에 그치지

않고 마음 한구석에서는 이량이 이대로 발견되지 않았으면 하는 마음마저 있었다.

'내가 왜…… 그런 생각을?'

언제나 동생 이량과 함께였다. 동생을 위해서라면 무슨 일이든 했고 동생이 원하는 일은 무엇이든 다 해주고 싶었다.

지금도 그 마음은 변함이 없다.

'미안해. 량아…….'

한순간이라도 그런 생각을 한 자신이 무서웠다.

'미안해. 용서해 줘…….'

주변은 고요했다. 슬슬 회의도 끝나가는 모양이다.

결국 회의 내용은 거의 듣지 못했다. 이령은 그런 자신에게 혐오감을 느끼면서 자세를 바로잡고 자리에서 내려오는 황제를 맞았다.

그런데 그때, 아주 큰 목소리가 그곳의 모든 사람의 발을 멈추었다.

"기다리십시오. 아직 의논할 일이 남았습니다."

장행이었다.

"예정에 없던 일입니다."

대답한 것은 태위였다. 그러나 장행은 물러나지 않았다.

"황제 폐하의 신상에 관한 일입니다. 폐하는 이 세상 단 하나뿐인 존귀한 분. 털끝만큼이라도 우려되는 부분이 있어서야 안 되겠지요."

황제의 신상과 안전에 관한 일이라니, 태위도 더 이상 뭐라 할 수 없었다. 황제는 태위 쪽을 슬쩍 보고는 장행에게 물었다.

"내 신상에 대한 일이라니, 무슨 일인지 말해보라."

자신이 이 나라를 통치하는 유일무이한 존재임을 다시 일깨워주는 듯 냉철한 목소리.

장행이 태위 쪽을 흘끔 본 후, 깊이 고개를 숙이며 대답했다.

"황송하오나 폐하, 승상과 태위가 숨기고 있는 일에 대한 것이옵니다."

장행의 말에 사람들이 술렁댔다. 승상은 정치를, 태위는 군사를 각각 총괄하고 있는 사람이다. 이른바 나라 체제의 정점에 서 있는 두 사람이 숨기고 있는 일이라니, 그냥 넘길 수는 없었다.

관료들의 시선이 일제히 승상과 태위에게 향했다. 표정이 굳은 두 사람을 보고 장행이 계속했다.

"그 옛날 온 나라들이 갈라져 서로 싸우던 때, 위대한 황제 폐하와 선황 폐하께서 천명을 받아 온 나라를 통일한 것은 실로 감사한 일이옵니다."

새삼스러운 말이다. 그거야 동네 꼬맹이도 알고 있다.

장행은 거드름 피우듯 작게 기침을 하고는 천천히 말을 이었다.

"그렇다고는 하나, 그 업적의 의미를 개의치 않는 어리석은 자가 아직 있사옵니다. 그러한 괘씸한 자들이 모여 폐하의 목숨을 노리려 일을 꾸미고 있다는 정보를 얻었나이다."

"장행, 그 무슨……!"

승상이 끼어들려고 했다. 하지만 장행은 물러나지 않았다.

"과문(寡聞)한 제 귀에도 흘러들어 온 일을 설마 고매하신 승상님과 태위님께서 모르시진 않을 터."

웅성거림이 커졌다. 평화롭던 회의에 장행이 일으킨 파문은 관료들을 크게 동요시켰다. 이령도 물론 그중 하나였다.

'폐하의 목숨을 노려……?'

황제를 바라보았다. 평온한 모습에는 아무런 표정 변화가 없다.

황제는 알고 있었던 게 아닐까. 그러고 보니 승상이 치조에 들어와 이령도 못 듣도록 조용히 보고한 것이 몇 번 있었다. 혹 그 일에 관한 것이었을지도 모른다.

"좌시할 수 없는 이야기군."

이령의 생각이 맞는지 황제의 목소리에서는 조금의 동요도 느껴지지 않았다.

"어떤 놈들이 내 목숨을 노린단 말이냐?"

한층 높아진 목소리로 장행이 대답했다.

"그것은 망국의 망자들이옵니다. 나라가 없어진 것을 천명이라 여기지 않고 원한을 품은 자들이 있습니다. 주모자에 대해 짚이는 바가 있사옵니다. 그자는 폐하를 가까이서 모시며 충신인 척하며 호시탐탐 기회를 노리고 있습니다."

"누구를 말하느냐?"

"중상시 소천이옵니다. 그자는 원래 희국의 왕자. 폐하께서 궁형으로 감형해 주셨다고는 하나 지금도 폐하의 목숨을 노리기에 충분한 원망을 품고 있을 것입니다."

관료들의 시선이 일제히 이령 옆의 소천에게 몰렸다. 소천은 조금도 동요하지 않고 그 시선을 받아내고 있었지만, 이령의 마음은 한층 울렁거렸다.

'중상시님이……? 희국의 왕자님?'

몰랐다. 전혀 모르고 있었다.

"소천."

황제가 소천의 이름을 불렀다. 소천은 우아한 발걸음으로 황제 옆까지 걸어가 신하의 예를 갖추고 깊이 머리 숙였다.

"찾으셨습니까, 폐하."

"네가 장행 말대로 역모를 꾀하고 있느냐?"

"아닙니다. 장행님이 착각하셨나 봅니다. 저는 영원히 폐하를 모시는 종이옵니다."

"장행. 소천은 아니라 하는데."

장행은 꺾이지 않았다. 오히려 득의양양해서 떠들어댔다.

"폐하, 소계국은 폐하를 속이고 있습니다."

"왜 그렇게 생각하느냐?"

"저 환관이 자신의 집에서 아이들을 기르고 있는 것은 아시지요?"

황제가 끄덕였다.

"물론 알고 있다."

"듣자하니, 그 아이들은 선황 폐하 손에 처형당한 희국 고관들의 자제들이라 합니다. 원망의 마음을 품은 자들끼리 모여서 밤낮없이 못된 계획을 세우고 있는 것이지요."

'말도 안 돼!'

이령은 저도 모르게 반론할 뻔한 입술을 꽉 깨물었다.

소천이 아이들을 바라보는 눈빛을 단 한 번이라도 보았다면 절대 저렇게 말할 수는 없다.

장행의 폭언은 멈추지 않았다. 그러다 결국 이령에 대한 일까지 입에 담으며…….

"게다가 이자영, 저자도 희국 출신입니다. 저자를 소천이 특별히 아끼는 것은 누구나 다 아는 일. 저자가 자객일지도 모릅니다."

"그 무슨!"

태위가 소리쳤다.

"폐하는 거친 전쟁에서도 살아남은 분이다. 저런 비실비실한 풋내기가 무엇을 할 수 있단 말인가!"

"과연 그럴까요?"

장행이 웃는다.

"폐하를 가장 가까이서 모시는 자입니다. 의외로 쉬운 일이지 모르지요."

"무슨 끔찍한 소릴……."

"끔찍한 것은 저 환관입니다. 궁형으로는 턱도 없습니다. 진즉 죽였어야 할 것을……."

"네 이놈……."

원래도 사이가 나쁜 두 사람은 이제 일촉즉발의 상태였다.

어찌할 바 모르고 안절부절못하고 있는 이령을 황제가 불렀다.

"이량."

"네, 네……!"

"이리 와라."

사람들의 시선이 따가웠다. 할 수만 있다면 그 자리를 뛰쳐나가고 싶었지만, 이령은 우물쭈물 옥좌 앞까지 나가 신하의 예를 갖추고 소천의 옆에 무릎 꿇었다.

"이량. 너는 희국에서 태어났지?"

황제의 목소리는 냉정하다. 몸종인 이량을 놀릴 때나 환상의 요괴를 안을 때와는 다른, 옥좌 위에 앉은 신과도 같은 분의 목소리.

잔뜩 긴장한 이령이 떨며 대답했다.

"그러하옵니다."

"네 부모는 모두 희국에서 순국(殉國)하고 너와 네 누나만 전란 속에서 살아남았다. 맞느냐?"

"네."

"그렇다면……."

황제의 목소리가 아주 조금 망설이는 듯했다. 하지만 그것도 잠시, 곧 냉철한 목소리가 울려 퍼졌다.

"그렇다면, 너는 나를 원망하느냐?"

"네……?"

"나는 네 부모의 원수다. 나를 죽이고 싶을 만큼 원망하느냐?"

이령은 고개를 들고 황제를 보았다.

차가운 눈빛이 희미하게 애절함을 담고 이령을 내려다보고 있었다.

"저는……."

목소리가 떨렸다. 목소리뿐만이 아니다. 어깨도, 팔도, 전신이 떨리고 있다.

대답에 따라서는 자신도 소천도 죄를 추궁당하게 될 것이다. 소천의 아이들에게까지 피해가 미치게 될지도 모른다.

하지만…….

'괜찮아. 폐하는 알아주실 거야.'

늘 그래왔다. 진심을 솔직히 말하면 그에 귀 기울이고 받아들여 주셨다. 황제 폐하는 그 정도의 아량이 있는 분이다.

떨림이 멈췄다. 망설임과 주저하는 마음이 사라졌다.

"저는 폐하를 원망하지 않습니다."

단호히 고하자 옆에 있던 소천이 미소 지었다.

"여기까지 와서 그런 허튼소리를."

장행이 비웃듯 중얼거렸지만 그 말은 이령의 귀에는 닿아도 마음에는 닿지 않았다.

"제가 태어난 희국이 사라진 것은 사실입니다. 그것은 아직도 슬픕니다."

황제의 눈빛에 희미한 동요가 일었다. 검은 눈동자가 한층 어두워졌다.

"하지만."

이령의 목소리가 높아졌다.

"그렇다고 해서 희국을 멸망시킨 선황 폐하나 황제 폐하를 원망하지는 않습니다. 원망은 원망을 낳을 뿐. 한쪽이 원망하면 상대방도 그것을 되갚아 주겠지요. 저는 그런 것이 싫습니다. 과거에 있었던 슬픈 일에 사로잡히기보다는 내일을 생각하고 싶습니다. 내일은 분명 더 좋은 날이 될 거라고 믿고 싶습니다."

황제의 눈이 커졌다. 이령도 그 검은 눈동자를 곧장 바라보고 있다.

얽히는 시선 속에 이령은 자신의 마음을 알아차렸다.

'설마, 혹시 나…… 폐하를…….'

"폐하, 저런 허언을 믿으십니까?"

장행이 요란하게 떠들었다.

"속으시면 안 됩니다. 역모를 꾀하는 자가 스스로 역모를 꾀하고 있다고 인정할 리 없지 않습니까?"

"장행!"

황제의 일갈에 장행이 입을 다물었다. 순간 정적이 깔린 외조 내에 황제의 목소리가 낭랑히 퍼졌다.

"예전에도 말했다. 희국 땅은 이제 모두 나의 나라이며 백성도 마찬가지. 희국 백성이란 이제 존재하지 않는다. 내 신민(臣民)만 남아 있을 뿐이다. 허황히 내 백성을 의심하는 자는 내가 용서치 않겠다."

누구도 아무 말도 하지 못했다. 기침 소리조차 나지 않는다. 공기마저 팽팽히 긴장해 떨고 있는 듯하다. 숨소리조차 내기 꺼려지는 가운데, 황제가 조금 누그러진 목소리로 장행에게 말했다.

"장행. 네 두 아들이 희국과의 전쟁에서 목숨을 잃은 것은 알고 있다."

장행은 잠시 긴장한 기색을 보이다가 이윽고 힘없는 목소리로 대답했다.

"네."

"네가 소천을 미워하는 기분을 모르는 것은 아니다. 소천의 부모 형제가 네 아들들을 죽였으니."

"……."

"하지만 소천은 이미 궁형에 처해졌고 그 벌을 받은 몸. 그래도 계속 소천을 원망할 텐가?"

고개 숙인 장행은 분한 듯 입술을 깨물고 있다.

언젠가 소천이 혼잣말처럼 했던 말의 의미가 겨우 이해되었다.

'……뭐, 장행님께서 저를 싫어하시는 것도 무리는 아니지요.'

그런 의미였단 말인가.

물론 장행은 싫다. 여전히 싫다. 하지만 조금 가여워졌다. 아무리 싫은 사람이라도 자식을 생각하는 부정(父情)이란 역시 마음 아프다.

"회의는 이걸로 끝이다."

황제의 선언에 관료들은 허둥지둥 외조를 빠져나갔다. 마치 도망가는 듯한 그 모습이 오늘 회의가 얼마나 그들에게 힘들었는지 여실히 보여주고 있었다.

이령은 무릎 꿇은 채로 옆에 있는 소천을 보았다.

소천은 미소 짓고 있었다.

마주 보고 웃는데 갑자기 누군가 팔을 잡아끌었다.

"아얏……!"

깜짝 놀라 고개를 드니 언제 옥좌를 내려왔는지 황제가 무시무시한 얼굴을 하고 있다.

"따라와라."

황제는 이령의 팔을 세게 끌어 일으켜 세우고는 그대로

저벅저벅 걸어 나갔다.

"폐하……! 어디에……?"

주뼛거리며 물었지만 황제는 아무 말이 없다. 서슬 퍼런 표정에 더 이상 아무것도 묻지 못하고 입을 다물 수밖에 없었다.

키가 큰 황제는 보통 때도 걸음이 빠르다. 그런 사람이 서둘러 가니 이령은 따라가는 데만 해도 숨을 헐떡이고 가슴까지 아파왔다.

왜 이렇게 서두르시는 거지?

'내가 뭘 잘못한 건가?'

혹시 내 생각을 잘난 척 말한 것이 황제 폐하의 심기를 건드렸나? 회의 때는 그냥 넘어가셨지만 다른 데서 따로 엄하게 혼내시려는 걸까?

그렇다 해도 별수 없었다. 그게 진심이었으니까. 누구도 미워하거나 원망하고 싶지는 않다. 물론 인간인 이상 다른 사람이 불편하게 느껴지거나 싫어지기도 한다. 하지만 도를 넘은 감정은 사람의 마음을 병들게 할 뿐이다. 그것은 너무 무서운 일이 아닐까.

황제는 외조 밖으로 나가 그대로 조전을 가로질러 가더니 긴 다리로 계단을 뛰어 내려갔다. 병사들이 무슨 일인가 하며 쳐다보았지만 전혀 개의치 않는다. 그렇게 도착한 곳은 신전이었다.

"열어라."

황제의 한마디에 신전의 거대한 문이 열렸다. 하지만 황제가 이령의 팔을 끌고 신전 안에 들어가려 하자 신관들이 막아섰다.

"폐하, 이자는……."

신전에는 신관으로 뽑힌 자 이외에는 황제밖에 들어갈 수 없도록 되어 있다. 승상조차 발을 들일 수 없었다.

"상관없다. 내가 허가한다."

"허나……."

"내가 누구냐?"

날카로운 목소리로 황제가 말하자 신관들이 떨떠름한 얼굴로 물러났다.

"아무도 들여보내지 마라."

차가운 말만 남기고 황제는 문 안으로 들어갔다. 그 안에 또 하나의 문이 있었다. 황제는 놀라고 있는 신관들에게 눈길도 주지 않고 이령의 손을 놓더니 직접 문을 열고 이령을 안으로 떠밀었다.

"들어가라."

이령이 도망치지도 못하고 시키는 대로 안에 들어가자 등 뒤에서 육중한 문이 닫혔다.

신전 안은 밖에서 보던 것보다 훨씬 컸다. 천장은 높고 창이 하나도 없었다. 벽도 바닥도 천정도 온통 새하얗다. 무수한 등이 내부를 연보랏빛으로 비추고 있을 뿐, 그 외에 기둥, 장식 같은 것은 하나도 없어서 살풍경을 넘어서 '텅 비었다' 는 말이 어울릴 만한 인상이었다.

정방형의 실내는 중앙을 향해 세 개의 단이 파여 있어 마치 절구통 같은 형태였다. 그리고 가장 낮은 곳에 제단이 놓여 있었다. 신이 모셔진 곳이다.

하늘의 신, 천명을 내리시는 신.

황제만이 신과 교신할 수 있다. 황제는 신의 대리인인 것이다. 가만히 서 있는 이령을 뒤로하고 황제가 제단으로 향했다. 문에서 제단까지는 단차에 따라 나선형 통로가 이어져 있었다. 하지만 긴장한 이령은 꼼짝도 하지 못했다.

"뭘 하느냐? 어서 와라."

조급함을 숨기지도 않고 재촉하던 황제는 통로를 따라 다시 올라와서 이령의 팔을 잡아끌었다.

이러다가 신께서 벌주시면 어쩌지?

이령의 몸이 떨렸다.

안 그래도 죄를 지은 몸. 이 이상 죄를 더했다가는 무슨 벌이 내릴지 모른다…….

하지만 황제는 제단 앞을 그냥 지나쳐 더 깊숙한 곳으로 향했다. 제단 뒤편에 작은 문이 숨겨져 있었다. 금방 알아채기 힘들게 숨겨져 있었지만 황제가 조금 힘주어 당기자 문이 열렸다.

그 안은 계단이었다. 지하로 향하는 계단은 대체 얼마나 깊은 것인지 그 끝이 보이지 않는다.

황제는 이령의 손을 끌고 그 계단을 내려갔다. 빛이 들지 않는 계단은 암흑이었다. 빛이라곤 황제의 손에 들린 등불뿐이다.

차갑고 축축한 공기. 아래로 내려갈수록 곰팡내가 심해졌다. 숨 쉬기 불쾌할 정도다…….

얼마나 내려갔을까. 이령에게는 그 길이 끝없이 길고 멀게 느껴졌다. 그대로 땅의 밑바닥까지 내려가는 것은 아닐까 하고 있는데, 이윽고 희미한 빛이 비치는 곳에 도착했다.

계단은 거기서 끝이었다. 막다른 길이다. 아무래도 여기가 목적지인 모양이다.

황제는 이령의 손을 놓고 천천히 안쪽으로 걸어갔다. 그 앞에는 튼튼해 보이는 쇠창살이 있다.

'설마, 여기가 지하 감옥……?'

무서운 사실을 깨닫고 이령의 눈이 커졌다. 감옥 안은 좁았지만 의자, 책상, 침대도 놓여 있었다. 지하 감옥치고는 꽤 좋은 시설이다. 살펴보니 그 안에 있는 노파가 걸친 옷도, 낡긴 했지만 비단이었다. 화려한 자수로 보아 원래는 꽤 고가의 옷이었을 것이다.

목에는 비취, 수정으로 엮은 목걸이를 몇 겹이나 걸치고 손에는 여러 개의 반지가 빛나고 있다. 투옥되기 전에는 상당히 높은 신분이 아니었을까.

새어나오는 빛은 등불이 아니라 자연의 것이었다. 천장 가까이 뚫린 채광창에서 들어오는 태양 빛이었다. 물론 그

창에도 튼튼한 창살이 설치되어 있다.

그렇게 한참을 지하로 내려왔는데도 햇빛이 들다니, 여기는 좁고 깊은 우물 같은 것의 바닥일까?

그렇다면 꽤 공을 들인 감옥이다. 신전의 제단에서 이어지는 통로며, 이러한 구조가 평범한 것은 아니었다.

이런 감옥에 갇힌 죄인은 대체 누구란 말인가. 얼마나 큰 죄를 지었기에 이런 곳에 갇혔을까?

놀라서 목소리도 안 나오는 이령에게 황제가 짧게 말했다.

"어머니다."

"어머…… 니라면?"

그렇다면…….

'황태후 마마?!'

황제가 옥좌에 앉자마자 가장 먼저 가두었다고 하는 그…….

두 사람의 목소리를 들었는지 바닥에 앉아 연신 무언가를 중얼거리고 있던 노파가 이쪽을 보았다.

텅 비었던 검은 눈동자에 순식간에 교활한 어둠이 들어찼다.

그 눈빛은 순식간에 이령을 삼켜 버렸다. 갑자기 얼어붙은 강에 내던져진 듯 전신이 차가워진다. 도저히 인간의 눈빛으로 보이지 않았다.

이것은, 악귀의 눈. 사람의 마음을 빼앗아 삼켜 버릴 듯 무서운 한 요괴의 눈.

"히잇……!"

이령이 작게 비명을 지르자 노파는 믿기지 않을 만큼 빠른 속도로 돌진해 왔다. 노파의 몸이 쇠창살에 끼였다. 그 충격으로 쇠창살이 시끄럽게 울렸다.

꽤 아플 텐데, 노파는 멈추지 않고 쇠창살에 달려들었다.

이상한 광경이었다. 도저히 사람의 행동으로 보이지 않았다. 이것은 마치 악귀…….

몇 번이나 몸을 부딪치고서야 겨우 쇠창살의 존재를 깨달은 듯, 노파는 동작을 멈추고 이번에는 창살 사이로 손을 뻗었다.

"상! 여기서 꺼내다오!"

갈라진 목소리는 마치 왜가리의 울음소리 같았다.

"어미를 이런 곳에 가두다니, 이 불효자식!"

황제는 눈썹 하나 까딱하지 않는다. 그저 차가운 눈빛으로 친모를 보고 있다.

"네놈이 누구 덕에 황제가 되었느냐?!"

황태후는 양손에 쇠창살을 쥐고 덜컹덜컹 흔들었다.

"이 어미가 네 앞길을 막은 자들을 몰살시켜 주었기 때문 아니냐?"

몰살.

이 얼마나 무서운 말인가.

황제가 낮은 목소리로 말했다.

"나는…… 그런 것을 조금도 바라지 않았다……."

황태후는 코웃음 쳤다.

"잘난 척하지 마라! 너와 나는 한배를 탄 몸. 네 옥좌가 피로 젖은 것을 모르는 이는 없지."

"……."

"상. 내 착한 아들. 부탁이다. 이 어미를 꺼내다오."

이번에는 다른 사람인 양 간사한 목소리.

"내가 널 지켜주마. 널 막아서는 자는 모두, 모두 내가 죽여주마. 넌 아무것도 걱정 말아라."

더 참고 있기 힘들었으리라. 황제는 이령의 팔을 잡고 아까 내려온 계단을 다시 올라가려 했다.

"상! 모든 걸 독차지할 셈이냐?!"

뒤에서 욕설이 쏟아졌다.

"내가 왜 고생 고생해서 널 거기에 앉혔겠느냐?! 내놓아라! 네가 지금 손에 쥔 부, 권력, 보석, 모두 원래는 내 것이다! 네놈이 가로채다니, 네놈이 그러고도 인간이란 말이냐!!!"

새된 비명이 통로를 꽉 채우고 메아리쳤다. 폭풍우처럼, 쏟아지는 화살처럼, 도망가는 황제와 이령을 노리고 날아들었다.

이령은 문득 소천의 아이들이 말했던 '신전의 도깨비' 이야기를 떠올렸다.

"신전에는 신뿐만 아니라 도깨비도 살아요."

"그렇지만 신전 근처에서 이상한 소리를 들은 사람이 많은 걸요!"

황태후였다.

그리고 그 황태후는 도깨비보다 훨씬 더 무섭고, 교활했다.

떨리는 몸으로 계단을 뛰어올라 겨우 제단까지 돌아왔다. 황제가 문을 닫음과 동시에 이령이 바닥에 주저앉았다.

저것이 정말 인간인가?

인간이 저렇게 되어버릴 수 있다니.

'무섭다…….'

떨림이 멈추지 않았다.

"예전엔 저렇지 않았다……."

내뱉는 목소리는 마치 황제의 것이 아닌 양 힘이 없었다.

"적어도 내게는 평범한 어머니였다. 하지만 선황 폐하가 잇달아 승전보를 올리며 이 나라를 통일해 가는 동안 어머니는 변해갔지. 사치를 즐기며, 몸에는 비단과 보석을 걸치고, 당신께 거역하는 자는 제 아무리 공을 세운 충신이라 해도 가차 없이 목을 쳤다. 선황 폐하가 병으로 쓰러지고 나서는 누구도 어머니를 막을 자가 없어지게 되어 그 전횡은 극에 달했고, 잔학함은 날로 더해갔어……."

주저앉아 있던 이령은 황제를 올려다보았다. 검은 눈동

자가 고뇌로 넘치고 있다.

"내게는 남동생 다섯이 있었다. 어머니는 다 다르지만 내게는 다 귀한 동생들이었지."

이령의 머릿속에 예전에 승상이 한 말이 떠올랐다.

"아우님들께서 계시던 때의 전하는 밝고 활기 넘치고 잘 웃는 분이셨지. 폐하께서 얼마나 동생을 아끼시는지 옆에서 봐도 정말 우애 좋은 형제였지."

그때는 그렇게 아끼던 동생들을 왜 참살했을까 하고 의아해했는데, 그렇다면 그것이…….

"바로 아래 동생이 죽었을 때는 사고라고 믿어 의심치 않았지. 그 아래 동생이 병으로 쓰러졌다 들었을 때도, 그저 동생들의 불운을 한탄할 뿐이었다. 하지만 셋째, 넷째까지 목숨을 잃자 의심하지 않을 수 없었다. 우연치고는 너무도 잘 맞아떨어졌으니까……."

담담히 말하는 황제의 목소리가 씁쓸하다. 마치 독배를 마신 것이 자신이기라도 한양.

"막냇동생을 필사적으로 지키려 했다. 내 곁을 벗어나지 말라 당부하고 나와 같은 것을 먹고 마시도록 했다. 하지만 그것으로도 어머니의 집념은 벗어날 수 없었지. 막냇동생은 내 눈앞에서 어머니의 칼에 죽었다……."

"…너무해……."

"어머니는 동생이 내 암살을 꾀하고 있다 했지. 물론 그 아이는 눈곱만큼도 모반을 꾀하지 않았다. 겨우 여덟 살짜리 아이였다. 모든 것이 어머니의 음모……."

"……."

"동생들뿐만이 아니다. 그 어머니들도, 그리고 앞으로 새로 자식을 낳게 될지 모르는 아버지의 총희들도 모두 계략에 넘어가 차례로 죽어갔다. 여동생들도 모두 죽었다. 남은 것은 태자인 나 하나. 이량. 어머니가 왜 그런 짓을 했는지 알겠느냐?"

이령은 작게 고개를 저었다. 그런 무참한 일을 저지르는 사람의 마음 따위, 이령은 도저히 이해할 수 없다.

"어머니의 바람은 황태후가 되는 것. 황제의 어미가 되어 황후로서 다 가지지 못했던 힘을 자식인 나를 통해 휘두르는 것. 결국, 어머니는 나를 꼭두각시로 내세워 이 나라 권력을 장악하고 마음대로 휘두르고 싶었던 거지. 그러기 위해 나를 옥좌에 앉힌 거다."

"설마……."

"거짓말이 아니다. 그것을 안 나는 황제가 되자마자 어머니를 지하 감옥에 가두었다. 황태후의 권력은 절대적이다. 황태후에게 명령할 수 있는 것은 황제뿐이니까."

"아……."

"하지만 내가 할 수 있었던 건 거기까지다. 결국 나는 아무도 지켜주지 못했어. 동생들, 나라를 위해 몸 바친 충신들, 그리고 소천도……."

소천을 언급하는 황제의 목소리에 슬픔이 어렸다. 황제와 소천 사이의 복잡한 감정 때문인지 목소리가 희미하게 떨렸다.

"천이 희국의 막내 왕자였던 것은 알고 있었나?"

"아니요. 오늘 처음 알고 깜짝 놀랐습니다."

"천은 열 살 때 인질로 이곳에 왔지."

"열 살……."

그런 어린 나이에…….

"동갑이었던 나와 천은 무척 친했다. 천은 인질이었지만 우리들은 그런 것은 아무래도 좋았어. 내게 있어 천은 같이 공부하고 같이 뛰노는 친구일 뿐, 형제와 다를 바 없었지. 천도 내 동생들을 아껴주었다. 우리들은 언젠가 이 세상을 평화롭게 만들자고 서로 맹세했었다. 하지만……."

황제가 양손으로 얼굴을 감쌌다.

"내가 모르는 사이에 어머니는, 천이 희국의 왕자라는 것만으로 그를 궁형에 처했다. 우리 둘이 가깝게 지내는 게 싫으셨던 거지."

"그런……."

"너도 알다시피, 천은 머리가 좋고 지식도 풍부하다. 자칫 천이 내 측근이 되기라도 한다면, 언젠가 내 손에 들어올 권력을 통째로 누리려던 어머니에게 큰 걸림돌이 될 거라 판단하신 거다."

그랬을 것이다. 소천이 황태후의 악행을 그냥 놔둘 리 없다.

"궁형은 죽음보다 무서운 벌이다. 사람의 마음을 짓밟고 썩게 하지. 천은 나 때문에 그런 나락에 떨어지고 만 거다. 나 때문에……."

황제의 목소리가 떨렸다. 큰 손바닥 속에 가리어진 얼굴이 고통으로 일그러져 있음은 보지 않아도 알 수 있다.

"인질을 마음대로 궁형에 처했으니 희국 왕은 격노했고 모든 교섭이 백지로 돌아갔지. 피를 피로 씻어내는 참극은 피할 수 있었을 텐데, 어머니는 그 모든 가능성을 수포로 만들어 버렸다."

"……."

"어쩔 수 없었다. 나도 이 손에 검을 들고 희국 병사들을 죽였다. 네 아버지도, 어머니도 내가 죽인 것이나 매한가지다."

"폐하……."

이령은 무너져 내린 황제 옆에 기듯이 다가가서 살며시 그 손을 잡았다. 얼굴을 덮고 있던 손이 떨어지고 검은 눈동자가 천천히 이령을 향했다.

"이량. 내가 너를 왜 몸종으로 삼았다고 생각하느냐?"

"어째서입니까……?"

"너에게라면 죽임을 당해도 괜찮다고, 그렇게 생각했다."

이령은 깜짝 놀랐다. 처음 만난 그때, 황제 폐하는 그런 생각을 하고 있었던 것이다.

검은 눈동자를 뚫어져라 쳐다보자 황제는 도망치듯 시선을 피했다.

"네 아비, 이광을 몇 번 본적이 있다. 행동이 조심스럽고 목소리를 크게 내지 않지만 묘하게 존재감이 있는 사람이었지. 어렸던 나를 어리다고 얕보지 않고 마치 어른을 대하듯 말 걸어주었던 것을 기억한다."

집에서는 상냥한 분이셨다. 자녀 교육에는 엄했지만 그래도 애정이 넘치는 엄격함이었다.

"나는 너희 남매로부터 훌륭한 아버지를 빼앗은 것이나 다름없다. 미움 받는다 해도 할 말이 없다. 네 손에라면 죽어도 괜찮다."

"저는……!"

그런 일, 상상도 해보지 않았습니다!

그렇게 내뱉기도 전에 황제가 손가락을 들어 이령의 입술을 봉했다.

"나를 죽여라."

"폐하……."

"네게는 그럴 권리가 있다……. 나를 죽여다오……."

애원하는 눈빛에서 황제의 아픔이 이령의 가슴까지 전해져 왔다.

이제야 모든 것이 납득이 갔다.

황제 폐하는 후회하고 있다. 아끼던 동생들, 소년 시절부터 함께한 친구, 그리고 욕망의 포로가 된 어머니조차도 지켜내지 못한 자신을 책망하고 그 벌을 받고 싶어 하고 있는 것이다.

부도 권력도, 이 광대한 나라의 앞날도, 사람의 운명도, 모두 혼자 짊어지고 가야 하는 황제 폐하는 지금, 죄마저 혼자 지려하고 있었다.

황제란 얼마나 고독한 존재인가.

좋은 일도 나쁜 일도 홀로 겪으며 영영 외톨이로 사는 것.

'그래서 요괴인 나를 안으셨구나…….'

유일무이한 황제를 처벌하는 법 따위는 없다. 그래서 이승의 이치를 벗어난 존재, 환상 속 요괴에게 괴롭힘을 당해서라도 구원받고 싶었던 걸까.

하지만…….

"싫습니다!"

이령이 단호히 외치며 황제의 어깨를 끌어안았다. 넓은 어깨가 이령의 팔에 넘쳤지만 그래도 상관없다는 듯 꼭 껴안았다.

"싫습니다! 저는 황제 폐하를 죽일 수 없습니다! 오히려, 함께 살고 싶습니다."

이령의 팔에 안긴 황제가 숨을 들이마셨다.

"괜찮아요. 제가 옆에 있겠습니다. 무슨 일이 있어도 저만은 곁을 떠나지 않겠습니다. 그러니 절대 그런 말 하지 마세요…….”

폐하를… 사랑하는걸요.

말이 되지 못한 마음이 이령의 안에서 용솟음쳤다.

이 쓸쓸한 사람을 어느샌가 좋아하게 되어버렸다.

옆에서 모시는 동안 황제 폐하를 알아가며, 알게 된 만큼 좋아하게 되어버렸다. 그 마음이 점점 커져 사랑이 되어버렸다.

단지 신하가 군주에게 바치는 존경의 마음인 줄 알았다. 이렇게 마음이 찢어질 듯 아프고 고통스러운 감정인 줄은 꿈에도 몰랐다…….

‘아니야……. 달라.’

황제를 처음 본 순간부터 이 감정은 이령 안에 자리 잡고 있었다. 그 검은 눈동자를 보고 아름다움을 느낀 그 순간, 이미 마음이 사로잡혔던 것이다. 이 맑고 깨끗한 눈동자를 지닌 남자에게.

“나는 네 원수다. 어째서 그런 말을 하지?”

황제의 물음에 이령은 주저 없이 대답했다.

“당연하지 않습니까. 저는 폐하의 개니까요.”

황제의 커다란 손이 이령의 팔을 잡았다.

“너란 놈은 정말…….”

황제가 작게 웃고는 이령의 어깨에 얼굴을 기대었다. 더해지는 무게를 기분 좋게 느끼면서 이령은 황제의 등을 부드럽게 쓸었다.

황제란 이렇게까지 자신을 죽이지 않으면 안 되는 것일까? 황제의 마음에는 슬픔, 쓸쓸함, 괴로움이 가득 차 있다. 그럼에도 자기 자신을 억누르고 사람의 감정을 초월한 존재처럼 행동해야 하다니, 너무나 가혹하다.

'괜찮아요. 내 앞에선 약한 모습 보이셔도…….'

마음속에 숨겨두었던 사랑스러운 감정이 서서히 배어 나왔다.

'당신이 어떤 사람이든 나는 당신이 좋으니까요…….'

용서받지 못할 감정인 것은 알고 있다.

그렇다 하더라도, 행복하다고 생각했다.

* * *

어쩌지? 어쩌지? 어쩌지??

나, 어쩌면 좋지? 어떻게 해야 하지?

마음이 소용돌이치고 있다.

황제 폐하를 좋아한다. 내가 황제 폐하를 사랑한다.

그런 마음으로 가득 차 있는 내가 대체 무엇을 할 수 있을까?

아무리 생각해도 답이 없는 질문이었다.

나는 황제 폐하께 아무것도 바라지 않는다. 그저 옆에 있을 수 있다면, 그리고 아주 조금이라도 상처 입은 폐하의 마음을 위로할 수 있다면 그것으로 족하다.

하지만 그것이 언제까지 가능할까? 이러다 폐하의 아이라도 갖게 되면…….

이령은 양손을 살짝 허리띠 아래 대어 보았다. 소천은 혹시라도 아이가 생기면 가장 먼저 말해달라고 했다. 똑 부러지는 소천이다. 절대 해가 될 일은 하지 않을 것이다. 하지만 그것이 누구에게 좋은 일인지 이령은 판단이 서지 않았다.

그녀의 바람은 태어난 아이와 평온하게 살아가는 것, 그뿐이다. 하지만 소천의 머리는 소박한 그녀의 바람이 아닌 다른 무언가를 우선시할지도 모른다.

나는 애당초 아무 곳에도 없는 존재다. 환상 속 요괴. 그런 여자가 폐하의 아이를 낳아서는 안 된다고 할 가능성이 높았다. 혹시나 출산을 눈감아 준다하더라도 아직 단 한 명의 아이도 없는 황제 폐하의 후사를 얻기 위해서이리라. 어느 쪽이든 아이는 뺏기게 될 것이다. 이령의 바람은 이루어지지 않는다.

작게 한숨을 내쉬며 하늘을 올려다보았다. 구름 한 점 없이 쾌청했다. 이런 파란 하늘도 오랜만에 보는 듯하다. 가슴이 조여들어 왔다.

시선을 다시 내리자 소천이 있었다.

아름다운 미소. 소천은 늘 미소 짓고 있다. 그 외의 표정은 거의 본 적이 없다.

하지만 그것이 마음에서 우러나오는 미소가 아님을 최근

에서야 겨우 알게 되었다. 저 미소는 감정을 덮기 위한 가면.

아름다운 미소 아래 소천은 여러 감정을 숨기고 있다.

그 미소에 웃으며 답하려는 순간, 현기증이 일었다. 눈앞이 휘청, 일그러지고 몸이 무너져 내리는 것을 소천이 팔을 뻗어 받쳐주었다.

"괜찮습니까?"

"……아, 네……. 괜찮아요."

이령은 소천의 팔 안에서 고개를 들었다.

"갑자기 고개를 숙였더니 현기증이 일어서……."

"저런, 이쪽으로 와보세요."

소천이 이령의 손을 끌고 가까운 정자로 데려가 의자에 앉혔다.

"여기서 잠깐이라도 쉬세요."

"…감사합니다……."

"몸이 많이 지쳤나 봅니다. 밤낮없이 폐하를 옆에서 모시다 보니."

아, 역시 다 알고 있다. 아무 말도 하지 않았지만 소천은 모든 것을 알고 있었다.

저 무서운 지하 감옥에 다녀온 후에도 이령과 황제의 관계는 변함이 없었다. 이령에게 자신의 고통을 세세히 털어놓았던 황제는 신전 밖으로 나온 순간 원래대로 돌아가 있었다.

이령도 그 일이 없었던 것인 양 행동하고 있다. 전과 다름없이 낮에는 조금 모자라는 몸종 이량으로 황제를 모시고, 밤에는 환상의 요괴가 되어 잠자리를 함께하는 나날…….

하지만 그런 생활은 이령의 마음을 좀먹고 있었다.

어떻게 하면 편안해질까? 내가 어떻게 해야 할까?

'나는 어떻게 하면 행복해질 수 있을까……?'

무언가가 보일 듯했다가도 허무하게 무너지고 형태를 잃었다.

눈사태가 일어난 듯, 머릿속이 소용돌이친다. 또 현기증이 일어 시야가 일그러졌다. 눈을 뜨고 있는 것조차 힘들었다.

이령은 소천의 말대로 해야겠다며 눈을 감았다.

황제는 지금 신전에 있다. 오늘은 신전에서 제사를 지내는 날.

황제가 신전에 있는 동안 몸종인 이령은 한가해진다. 혼자 있으면 우울해질 뿐이라 기분 전환도 할 겸 천성궁 내를 산책하려 조전을 나온 것까지는 좋았는데, 결국 기분은 나아지지 않았다.

이령은 시선을 들어 신전 쪽을 멍하니 바라보았다.

신전 아래 있는 무서운 감옥. 저 거대한 신전은 결국 황태후의 묘비인 것이다. 황제는 저곳에 제 손으로 친모를 생매장했다.

저곳에는 어떤 신이 있을까? 황제 폐하는 그 제단에서 무엇을 기원할까?

어쨌든 황제의 마음이 편치 않을 것은 당연했다. 이미 수 년간 혼자서 괴로워하며 살았다. 자신의 존재로 인해 생긴 수많은 죄를 혼자 짊어지고 상처받으며 살았다.

황제가 여자를 피하게 된 것도 필시 그 때문이리라. 친모의 악행을 눈으로 보아왔던 황제는 여자 그 자체를 두려워하게 된 것인지도 모른다.

갑자기 그가 보고 싶어졌다. 바로 얼마 전에 신전으로 향하는 황제를 배웅했는데, 벌써 이렇게 마음이 아프다…….

그런데, 소천은 지하 감옥의 존재를 알고 있을까? 인질이었던 소천에게 제멋대로 궁형을 내린 황태후를, 소천은 어떻게 생각할까?

"중상시님은……."

말하다 말고 이령이 입을 다물었다.

그런 것을 물어서 어쩌려고? 소천의 마음을 흩트릴 뿐이다.

"뭔가요?"

소천의 재촉에 이령은 다른 질문을 했다.

"……중상시님은 희국의 왕자님이었다지요."

"그래요. 아주 먼 옛날 일이지만."

"제 아버지를 아십니까?"

소천의 미소가 아련해졌다.

"알고 있어요. 학문이 뛰어난 분이셨지요. 형수님도 그분을 깊이 신뢰하셨어요."

"…그렇군요……."

"거문고 연주도 몇 번인가 들려주셨고, 집에도 간 적이 있지요. 그대들 남매도 만났었어요……."

생각지도 못한 일이었다. 저도 모르게 목소리가 커졌다.

"정말요?"

"정말이지요."

"죄송해요. 기억도 못 하고……."

"괜찮아요. 그땐 많이 어렸으니까."

기억을 더듬듯, 소천이 먼 곳을 바라보았다.

"아기였던 량은 내 무릎에 앉고, 령은 아버님의 거문고 소리에 맞추어 노래를 했지요. 둘 다 정말 사랑스러웠어요……."

회색빛 도는 소천의 눈동자에는 저 먼 서쪽의 그리운 풍경이 보이고 있는 것 같았다.

희국. 소천과 이령이 태어난 나라. 지금은 어디에도 없는 나라.

"……황제 폐하는 많이 후회하십니다. 희국을 구하지 못한 것도, 중상시님이 그런 벌을 받은 것도, 모두 폐하 탓이라며……."

이령이 참지 못하고 호소하자, 소천이 부드럽게 웃었다. 하지만 그 미소 아래 어떤 감정이 숨겨져 있을지 그녀는 알지 못했다.

“알고 있어요. 늘 무서운 표정만 지으시지만 알고 보면 상은 정말 상냥한 사람이니까.”

소천이 폐하를 휘인 ‘상’ 이라고 부르는 것은 처음 들었다. 그 목소리에는 특별한 울림이 있었다. 오랫동안 형제처럼 자라 온 두 사람 사이에 존재하는 인연의 끈의 존재를 확인시켜 주는 듯한 울림이 이령의 마음에 스며든다.

문득 소천이 돌아보았다. 이령이 따라 돌아보니 이쪽을 보며 수군대는 두 사람이 보였다. 복장을 보니 궁에서 일하는 문관인 듯하다. 곱지 않은 시선으로 소천과 이령을 보고 있었다. 소문 탓이다. 소천이 황제 폐하의 목숨을 노리고 있다는 근거 없는 소문.

얼마 전 회의에서 장행이 했던 말이 이상하게 바뀌어 퍼진 것이리라. 황제가 인정하지 않으며 장행을 달래었는데 어째서 이런 소문이 퍼진 것인지 마음이 아프다.

‘아무것도 모르는 주제에.’

무언가 울컥 치밀어 올라 그들을 노려보았지만 소천이 그런 이령을 말렸다.

“그만두세요. 상대하면 안 됩니다.”

“하지만…….”

“당분간 참고 지내세요. 소문 따위는 언젠가 사라지는 법. 켕기는 것이 전혀 없으니 당당히 행동하면 되지요.”

“…네…….”

강한 사람이다.

'나도 중상시님처럼 강하면 좋을 텐데.'

하지만 그런 생각도 금방 사라졌다. 소천인들 처음부터 저렇게 강했을까. 계속되는 불행을 겪으며 어쩔 수 없이 강해진 것이다.

'나도 그렇게 되어야지…….'

갈팡질팡 주저하고 있기만 하면 한 발짝도 나아갈 수 없다. 그래서야 자신이 믿고 있는 '오늘보다 즐거운 내일'은 절대 오지 않을 것이다.

'나도 더 강해져야 해.'

조금 들뜬 마음으로 이령은 결심했다.

이제 더 별궁에 가지 않겠다. 환상의 요괴인 척하며 밤마다 황제의 잠자리를 모시는 것도 그만두겠다.

나는 이제 이량으로 살아간다. 언제까지 그것이 허락될지는 모르지만 할 수 있다면 하루라도 더, 조금이라도 더 오래, 마음에서 우러나오는 충성으로 폐하를 모시겠다.

하지만, 혹시 아이가 생긴 건 아닐까……?

그때는 소천에게도 아무 말 말고 나를 아는 이가 없는 먼 곳으로 가자. 그곳에서 아이와 둘이 조용히 살아가는 것이다.

여자 혼자 아이를 키우는 것은 불안하지만, 어떻게든 될 것이다. 호떡을 구워 팔 수도 있고. 어떻게든 살아질 것이다.

이것이 내가 생각한 최선의 방법. 황제의 몸종인 이량이 갑자기 사라진 것 외에는 아무것도 변하지 않은 채로 하루, 또 하루가 흘러가겠지.

마음에 걸리는 단 한 가지는, 무슨 일이 있어도 곁을 떠나지 않겠다고 황제 폐하에게 약속했던 그 말.

그렇게 되면 폐하는 나를 거짓말쟁이라고 책망하실까? 못난 놈이라고 화내실까?

'그래도 별수 없어.'

몸은 멀어지더라도 내 마음은 폐하 곁을 떠나지 못한다. 폐하께서 아시든 모르시든 나는 언제나 그 곁에 있는 것이다.

오랜만에 마음이 평온해졌다. 그 기분을 담아 이령은 소천을 향해 미소 지어 보였다.

"중상시님이 저를 '령' 이라고 휘로 부르신 것은, 제 어린 시절을 알고 계셨기 때문이군요."

"거슬렸던 것입니까? 나도 모르게 그리운 마음에……."

"거슬리다니요. 그럴 리가요."

조금 뚱한 표정으로 답하자 소천이 작게 소리 내어 웃었다.

"고마워요. 령. 그럼 앞으로도 그렇게 부르지요."

"네."

"그래도 둘이 있을 때 만이에요. 폐하께는 비밀로, 비. 밀."

"물론이죠."

기쁜 마음에 손을 잡고 웃고 있는데, 다가오는 발소리가 들렸다.

가장 먼저 눈에 들어온 것은 붉은색 옷을 입은 병사들. 그 뒤편에 황제가 무서운 얼굴로 이쪽을 노려보고 있었다. 신전에서의 일이 다 끝나신 건가? 보통 반나절은 지나서 돌아오시는데 오늘은 꽤 빠르다.

갑작스러운 등장에 놀라고 있자 황제가 다가와 이령의 팔을 잡았다. 워낙 순식간이라 미처 일어나서 맞이하지도 못했다. 그만큼 황제의 표정은 무시무시했다.

"여기서 무얼 하고 있느냐?"

"저, 저……. 아무것도……."

이령이 고개를 젓자, 황제는 불쾌한 듯 눈썹을 찡그렸다. 아무래도 이령의 대답이 마음에 들지 않는 모양이다. 솔직하게 이야기했을 뿐인데.

그런 생각이 여실히 표정에 나타난 것일까. 황제는 화난 모습을 숨기지도 않고 힘껏 이령의 팔을 당겨 일으키고는 그대로 끌고 갔다.

왜 이러시는 거지? 왜 화가 나신 걸까? 혹시 신전에서 무슨 일이 있었나? 아니면 나도 모르게 폐하께서 싫어하시는 일을 한 걸까?

질질 끌려가듯 걷던 이령이 도움을 구하며 뒤를 돌아보았다. 소천은 정자 아래 멈춰 선 채 걱정스러운 표정으로 이쪽을 바라보고 있다.

이령의 행동을 눈치챈 황제가 낮은 목소리로 내뱉었다.

"소천을 가까이하지 마라."

"네……?"

"더 이상 소천과 친하게 지내지 말란 말이다."

"그, 그런……. 왜 그러십니까……?"

소천은 황제 폐하에게 있어 형제나 마찬가지인 친구이다. 그런데 마치 적이라도 되는 듯 말하다니 믿을 수 없었다.

"설마, 폐하……. 폐하까지 중상시님을 의심하십니까?"

아까 소천과 이령을 보며 수군거리던 문관들의 불쾌한 눈초리가 떠올랐다. 폐하마저 그들과 같은 눈으로 소천을 보시는 걸까?

"폐하, 폐하. 중상시님은 그런 분이 아닙니다."

이령은 황제의 소맷자락을 붙잡았다.

"중상시님은 늘 폐하를 가장 먼저 생각하십니다. 폐하에게 해를 끼치다니, 그런 일을 꾀하실 리 없습니다."

황제에게서 쌀쌀맞은 대답이 돌아왔다.

"……그렇다 하더라도, 가까이하지 마라."

"폐하……."

"이 이상 그 녀석 이야기는 하지 마라. 나를 불쾌하게 만들지 말란 말이다."

엄한 목소리에 더 이상 아무것도 말할 수 없었다. 고개 숙인 채 입 다물고 따를 수밖에 없다.

'대체 왜 저러시는 거지? 무슨 일이 있나?'

이령의 마음속에 불안이 쌓였다.

소천은 '당분간 참고 지내면 지나갈 것이다' 라고 했지만, 정말 그럴까? 소문은 무섭다. 떠돌던 소문이 진실로 둔갑한 예는 동서고금을 불문하고 수없이 많다. 실은 여자를 싫어하는 폐하조차 '호색한' 이라는 소문의 누명을 써, 화양에 사는 누구 하나 그것을 의심조차 하지 않았다.

이대로 사람들이 소문을 진실이라고 믿어버리면 어떻게 하지? 그렇다면 소천은 어떻게 되는 걸까?

등 뒤에 서늘한 기운이 서렸다.

'별일 없어야 하는데…….'

그렇게 빌 수밖에 없었다.

* * *

고개를 드니, 황제가 이쪽을 보고 있었다. 이령의 얼굴에 저도 모르게 미소가 떠올랐다.

황제 폐하를 너무 좋아하니까. 좋아하는 사람과 눈이 마주치면 기뻐서 웃게 되는 것은 이령에게도 당연한 일이다.

하지만 황제는 곧 화난 얼굴로 죽간을 향해 시선을 돌렸다.

이령의 마음이 순식간에 서늘해졌다. 미소가 사라지고 표정은 굳어갔다. 요즘 황제는 기분이 좋지 않다. 아니, 그냥 좋지 않은 정도가 아니라 상당이 나쁘다.

말을 걸어주지 않는 것은 물론, 전처럼 눈도 잘 맞추지 않고 마치 주변에 보이지 않는 벽을 쌓고 온몸으로 이령을 거부하는 듯하다.

'중상시님에 관해 이야기하고 싶은데…….'

이령의 바람이 허무하게도 소천이 황제에게 딴마음을 품고 있다는 소문은 눈 깜짝할 사이 퍼져 나갔다. 이모가 보낸 편지에도 그 이야기가 있을 정도니, 아마도 소문은 천성궁을 넘어 수도 화양까지 자자히 퍼진 모양이다.

소천이 폐하의 목숨을 노리다니, 절대 그럴 리 없다. 왜냐고 묻는다면 능숙히 답할 순 없지만, 그래도 소천은 그런 짓을 할 사람이 아니었다. 소천을 아는 사람이라면 누구나 그것을 알고 있을 텐데, 어째서 이렇게 소문이 계속 퍼지는 것일까?

'폐하라도 편들어주시면 좋을 텐데…….'

이 나라에서 가장 높은 황제 폐하가 '근거 없는 소문이다' 라고 한마디만 해준다면 이런 소문 따위 금방 사라질 텐데.

그렇게 생각하는 한편, 이령의 가슴속에는 의문이 검은 얼룩처럼 번져 갔다.

'소천을 가까이하지 마라.'

그렇게 말하며 이령을 소천에게서 떼어놓던 황제의 모습은 소름 돋을 정도로 냉담했다. 소천을 미워하는 것이 아닐까 싶을 정도로, 그 모습을 본 자라면 누구나 '폐하와 중상시가 멀어졌다.' 라고 생각했을 것이다.

사실 그때 일이 사람들 입에 오르내리고 있었다. 황제는 예전처럼 소천을 가까이하지 않았다. 그래서 소문이 더 커지고 있는 것이다. 의도적으로 피하고 있다. 누가 봐도 알 만큼 노골적으로.

'역시 폐하는 중상시님을 의심하시는 건가?'

그럴 리 없다. 절대.

어찌 되었든, 황제를 설득해야 한다. 헛소문일 뿐이라고 황제를 설득해야만 한다.

"저……!"

황제가 성가신 듯 이쪽을 보았다.

"뭐냐?"

대답하는 것조차 불쾌하다는 듯, 언짢은 목소리가 돌아왔다.

그래도 무시하지 않고 대답은 해주었으니 다행이다. 이령은 용기를 내어 말했다.

"저…… 폐하. 부탁드리고 싶은 것이……."

"소천 일이냐? 그 이야기라면 하고 싶지 않다."

"하지만 이대로 두시면 중상시님은……."

"못 들었느냐? 말하고 싶지 않다 했다."

단호한 거절에 더 아무 말도 할 수 없었다.

왜? 그토록 소천을 신뢰하던 폐하인데, 다른 사람은 짐

작도 못할 정도로 강한 끈이 둘 사이를 이어주고 있었는데, 어째서 저렇게 완고해지신 거지?

'혹시 나 때문에……?'

소천 때문이 아니라, 나를 성가셔하시는 게 아닐까? 그래서 저렇게 냉담한 얼굴로?

'이제 내가 싫어지신 건가…….'

짚이는 바가 없었다. 폐하가 싫어하실만한 일을 한 기억이 없는데, 도대체 무엇이 저렇게 불쾌하신 걸까?

순간 마음이 얼어붙는 듯했다. 발끝에서부터 작은 떨림이 일었다.

내가 좋아하는 사람이 나를 싫어한다.

그것은 엄청난 공포였다.

자신을 봐주지 않는 황제를 바라보는 것이 괴로워 결국 이령은 고개를 숙였다. 사랑해 주었으면 하는 것까지는 바라지 않는다. 황제에게 사랑을 바란 것은 아니다. 그렇지만 괴롭다.

사람을 좋아하는 것이 이렇게나 아픈 일이라니.

하지만 좋아하지 않았더라면, 하고 바라지는 않는다. 황제를 마음에 담지 않았다면 몰랐을 많은 것을 알게 되었다.

아무리 괴로워도, 그가 좋다.

황제 폐하가 너무 좋다.

아마 평생 미워하지 못하겠지…….

그런 생각에 이끌려 이령은 살짝 시선을 들어 황제의 모습을 훔쳐보았다. 순간 시선이 부딪혀 뭔가 기묘한 느낌이 들었다. 그러고 보니 아까도 이쪽을 보고 있었다. 눈이 맞으면 노골적으로 시선을 피하면서 이령이 그쪽을 보지 않을 때는 계속 이쪽을 보고 있는 것일까?

왜 그런 행동을?

도무지 모르겠다. 황제 폐하의 변덕에 이령의 마음은 이리저리 휘둘릴 뿐이었다. 혹시 일부러 저러시는 건가?

이령은 입술을 깨물고 황제를 노려보았다.

이번에는 황제도 시선을 피하지 않는다. 이령을 책망하듯 강한 눈빛으로 같이 노려보고 있다.

'왜 나를 그런 눈으로 보는 거지?'

그 불쾌한 표정 아래 대체 무슨 생각을 숨기고 있는 거야. 그렇게 보지만 말고 차라리 말을 하라고. 내가 어떻게 하면 될지, 가르쳐 달라고.

이령의 마음이 닿은 것일까?

황제가 무겁게 입을 열었다.

"너는……."

하지만 바삐 다가오는 발걸음 소리가 황제의 입을 막았다. 급하게 치조에 뛰어 들어온 것은 승상이었다.

"폐하! 큰일입니다."

순식간에 아무도 근접하지 못하는 '황제'로 돌아간 얼굴이 승상을 보았다.

"시끄럽구나. 무슨 일인가?"

승상은 황제 바로 앞으로 다다라 서둘러 예를 갖추고 황망히 보고했다.

"폐하, 중상시 소천이……."

"천……? 천이 어쨌단 말이냐?"

"네, 소천이 폐하의 암살을 꾀하다 체포되었습니다."

5장

우려하던 일이 일어났다.

그렇게 빌었건만, 이령의 바람은 이루어지지 않았다.

변덕스러운 것이 신의 마음. 기도한다고 다 이루어질 리야 없지만, 그래도 그 무심함이 원망스러웠다.

물론 이령은 매달리듯 황제에게 호소했다.

"중상시님이 그런 일을 할 리 없습니다. 부디 폐하의 힘으로 중상시님을 구해주십시오."

몇 번이고 그렇게 간청했다. 하지만 황제는 냉담했다. 승상의 보고를 듣고 '그런가' 하고 짧게 대답했을 뿐, 이령이 소천의 이름을 입에 올릴 때마다 점점 표정이 무서워졌다. 그리고 소천을 돕기는커녕 만나려고도 하지 않는다.

그렇게 사이좋았던 것이 거짓말 같았다.

'정말 원수가 따로 없군.'

이런 사람일 줄 몰랐다. 황제는 차갑게 보이지만 마음에 애정이 넘치는 분, 감정이 풍부하고 다른 이의 말을 잘 들어주는 도량 있는 분이라 생각했다.

친모인 황태후를 가둔 것도 미워서가 아니라 사랑하던 동생들에 대한 정 때문이었다. 그러고 나서도 황태후를 완전히 떨쳐내지 못하고 지금도 괴로워하고 있다. 적어도 이령이 알고 있던 황제는 그런 사람이었는데.

'내가 좋아하는 폐하는 어디로 가신 걸까?'

이대로라면 폐하가 미워질지도 모른다…….

분했다. 미치도록 좋아하고 사랑하는데도 포기해야 하는 괴로움보다 훨씬 더 슬픈 일이었다. 누군가를 좋아하게 되면 이런 감정까지 알게 되는 것일까?

황제를 만난 후 이령의 마음은 이리 갔다 저리 갔다, 정말 쉴 틈이 없다.

깊고 깊은 한숨을 내쉬며 이령은 짐을 싸들고 소천의 집을 나섰다.

소천은 천성궁의 외딴 감옥에 갇혀 있다. 이령은 곧장 면회를 청했지만, 아직도 허락이 떨어지지 않았다. 이령은 그래도 포기하지 않고 감옥 앞까지 갔다가 쫓겨 오기를 반복하고 있었다.

소천이 걱정되었다. 강한 사람이지만, 이번에는 가장 든

든한 친구였던 존재를 잃고서 힘들어하고 있을 터.

큰 힘은 못 되겠지만 그래도 얼굴을 보고 힘을 주고 싶다.

감옥 앞에 도착하자 경비병들이 이령의 얼굴을 보고 노골적으로 싫은 표정을 지었다.

"또 너냐……."

몇 번이고 몇 번이고, 그야말로 틈만 나면 다녀가니 병사들도 이령의 얼굴을 기억하고 있었다.

이령은 병사들에게 매달렸다.

"부탁입니다. 중상시님을 뵙게 해주세요."

하지만 돌아오는 대답은 단호했다.

"수천 번 온들 안 된다. 규칙은 규칙이다."

"그러면 제발, 이것만이라도 전해주십시오."

이령은 들고 있던 보따리를 내밀었다.

"갈아입을 옷입니다. 수상한 것은 전혀 들어 있지 않으니 부디, 부디……."

"안 된다고 했다!!"

이령의 끈질김에 질렸는지, 들고 있던 창으로 이령의 몸을 떠밀었다. 힘없이 튕겨난 이령이 바닥에 뒹굴었다.

"당장 꺼져!"

웅크린 그녀 위로 거친 소리가 쏟아진다.

"한 번만 더 오면 너도 감옥행이다!!"

그 목소리를 들은 것일까. 누군가가 다가와 병사에게 소리쳤다.

“이놈! 왜 이리 소란스러우냐?!”

태위였다. 태위는 군인다운 듬직한 몸을 흔들며 달려오더니 땅에 뒹굴고 있는 이령과 병사들을 번갈아 보았다.

“무슨 일이냐? 내가 알아듣게 설명해라.”

갑작스러운 태위의 출현에 병사들은 동요를 감추지 못했다. 주춤하며 서로 눈짓만 주고받을 뿐이다.

태위의 날카로운 시선에 그중 하나가 오들오들 떨며 해명했다.

“저 남자가 죄인을 만나게 해달라고 하도 끈질기게 구는 바람에…….”

태위는 이령을 보았다.

“사실이냐, 이자영?”

이령은 느리게 몸을 일으켜 태위의 발아래 엎드렸다.

“부탁입니다. 한 번이라도 좋으니 중상시님을 뵙게 해주십시오.”

“음…….”

태위는 난감한 얼굴로 잠시 생각하다가 이윽고 낮은 목소리로 명령했다.

“이 녀석을 소계국에게 데려가라.”

병사들이 눈썹을 찌푸렸다.

“하지만…….”

“괜찮다. 내가 허락한다. 이자영.”

이름이 불려 고개를 들자 엄한 목소리가 들렸다.

"알겠느냐? 이번 한 번뿐이다."

"네!"

"얼굴만 보고 곧장 나와야 한다."

이령은 태위에게 고개를 숙였다.

"감사합니다. 정말 감사합니다!"

"폐하께는 비밀이다. 폐하는 규칙에 특히 엄하신 분이니."

이령이 힘차게 끄덕이자 태위는 이령의 어깨가 아플 만큼 세게 두드리고 그대로 등을 돌려 가버렸다.

"따라와라."

병사들이 질린 얼굴로 이령을 재촉했다. 감옥은 반지하였다. 완만한 경사를 따라 만들어진 계단 아래 나무 창살이 끼워진 작은 방 세 개가 있었다. 소천은 가운데 방에 있었다.

물빛 심의 위에 비단 띠를 꼭 매고 방 한가운데 정좌하고 있는 소천은, 조금 야위고 머리칼이 흐트러진 것만 빼면 평소와 다름없는 모습이었다. 변함없는 그 모습에 안심하면서도 뭐라 말할 수 없는 애달픔이 솟아오른다.

"중상시님!"

이령은 저도 모르게 달려가 창살을 붙잡았다. 소천이 조금 놀란 표정으로 그녀를 보았다.

"령, 어떻게, 어떻게 여기에……."

"태위님께 부탁했어요. 잠깐 얼굴만 볼 수 있게 해주셨어요."

"어쩌자고 이런 무모한 짓을……."

한숨짓던 소천은 천천히 이령 쪽으로 다가왔다. 바닥에 짚이 깔린 감옥 안은 생각보다 깨끗하고 어둡거나 습하지도 않아 지내기 나쁘지 않아 보였다. 신전 아래 황태후의 지하 감옥에 비하면 훨씬 나았다.

그래도 죄인이 되어 이런 곳에서 온종일 멍하게 보내는 것은 꽤 고통스러울 것이다.

"나는 걱정하지 마세요."

소천이 웃는다.

"별일 아닙니다. 감옥에 갇힌 것도 처음이 아니고."

장난스러운 말투에 오히려 마음이 아프다. 눈시울이 뜨거워졌다. 입술을 깨물자. 눈물이 볼을 타고 내려온다.

"중상시님이 어째서 이런 일을……."

"별수 없지요. 이것도 천명."

"폐하께선 왜 몰라주실까요? 누구보다 중상시님의 마음을 가장 잘 아실 분이 대체 왜……."

참고 있던 불만이 터져 나왔다. 황제를 좋아하기에 더더욱 냉담해진 그 모습을 견딜 수 없다.

"그런 말 하면 안 됩니다."

소천이 조용히 타일렀다.

"폐하는 폐하대로 생각이 있으실 터. 그냥 폐하를 믿으세요."

"못하겠어요……!"

저도 모르게 목소리가 커졌다.

"저는 더 못하겠어요. 폐하를 어떻게 믿으면 될지 모르겠어요……."

문득 뒤에서 기척이 느껴졌다. 주뼛주뼛하며 돌아보자 통통한 몸에 화려한 옷을 휘감은 남자가 얄미운 얼굴로 웃고 있다.

"장행님……."

언제부터 듣고 있었던 것일까? 소천과의 재회에 빠져 전혀 눈치채지 못했다.

"묵과할 수 없군요. 이자영."

얄미운 미소를 만면에 띠고 느긋한 얼굴로 말했다.

"방금 뭐라 했지?"

이령은 고개를 저으며 뒷걸음질 쳤다. 하지만 뒤에는 나무 창살, 도망갈 곳은 어디에도 없다.

"자, 말해봐라. 아까 네 입으로 한 말. 한 번 더 말해보란 말이다."

"아……. 저는……."

"말 못하겠느냐?"

장행의 얼굴이 다가왔다. 이령이 무슨 생각을 하는지 하나도 놓치지 않겠다는 듯 집요하게 빤히 들여다보며 기분 나쁘게 훑었다.

"어서, 말해보라니까."
"요, 용서를……."
"왜 말 못하지?"
"그것은……."
장행이 떨어졌다. 그 입에서 승리의 웃음이 새어나왔다.
"말할 수 있을 리 없지. 아무리 사실이라 해도, 아니 사실이니 만큼 더더욱 폐하를 비판했다고는 말 못 하겠지."
"저, 저는…… 비판한 것이 아니라……."
'폐하를 믿을 수 없다' 라고 말한 것은 사실이다. 하지만 그것은 비판이 아니었다. 오히려 좋아하기 때문에, 사랑하기 때문에 마음이 흔들린 것이다.
하지만 그것을 어찌 설명할까? 소용돌이치는 이 복잡한 감정은 어떤 말로도 표현할 수가 없는데…….
"알겠다. 그럼 폐하 앞에서 그 말을 듣도록 하지."
"아……."
"이래서 희국 놈들을 등용하면 안 된다고 입이 닳도록 말했거늘. 하지만 이걸로 폐하도 깨달으시겠지. 이 장행이 옳았다고 해주실 게야."
마음속에 검은 것이 스며든다. 장행으로부터 흘러나온 어두운 감정이 이령의 마음을 비틀어 열고 절망을 옮겨왔다.
황태후의 검은 눈동자가 떠올랐다. 어둠만이 가득한 눈. 땅속까지 추락한 악귀의 눈. 도를 넘은 감정은 때로 사람을 사람이 아니게 바꾸어 놓는다. 황태후의 오만과 욕심이 그렇다. 장행의 저 증오 또한…….

이령은 등에 퍼지는 한기를 느꼈다. 장행은 희국을 절대 용서하지 않을 것이다. 희국과 조금이라도 연관이 있는 자는 어떤 짓을 해서라도 이 세상에서 없애 버릴 태세다.

장행을 움직이고 있는 것은 두 아들의 목숨을 앗아간 운명에 대한 복수. 그것은 원념이라기보다 이미 광기에 가까웠다…….

"아……."

두려움에 무릎의 힘이 빠졌다. 맥없이 주저앉은 이령의 양팔을 병사들이 난폭하게 끌어 올려 그녀를 일으켜 세웠다.

"자영……!"

소천의 비명 같은 목소리가 이름을 불렀다.

괜찮다고, 걱정 말라고 말해야 하는데. 돌아보고 웃어주지도 못했다.

양팔이 붙잡혀 감옥 밖으로 끌려나왔다. 병사들은 인정사정없었다. 어깨가 빠질 듯 아프고, 병사들에게 붙잡힌 팔에는 손가락 모양 그대로 멍이 들었다.

장행은 죄인이 된 이령과 그녀를 붙잡고 있는 병사들을 데리고 유유히 조전으로 가는 계단을 올랐다. 늘어진 뺨에 미소가 가득하다.

조전을 지키는 병사들이 무슨 일인가 하고 이쪽을 보았다.

장행이 재빨리 손쓴 것이리라. 관료들이 서둘러 오고 있었다. 그들도, 장행도 외조로 향하고 있다.

이제부터 이령을 재판하려는 것이다. 황제 폐하의 면전에서.

"저, 저는 폐하를 비판한 것이 아닙니다……."

목을 쥐어짜며 이령이 장행에게 호소했다.

"저는 신하로서 마음 깊이 폐하를 존경하고 흠모합니다. 다른 마음 따위 없습니다."

"잘도 그런 거짓을. 이 반역자 놈이!"

장행이 소리 내어 웃었다. 승리를 즐기는 얄미운 웃음이었다.

"좋은 것을 가르쳐 주마. 네가 재판을 받는 것은 폐하를 비판했기 때문이 아니다."

"…네…?"

"물론, 그것만으로도 죽음을 면치 못하겠지만, 네 죄는 그보다 무겁다. 암살을 꾀하다니, 몇 번을 죽어도 모자라다. 이놈."

그 말에 이령의 눈이 휘둥그레졌다.

'암살?!'

헛것을 들었나 싶었다. 왜 내가 그런 혐의를 덮어써야 한단 말인가. 폐하를 암살하다니, 있을 수 없는 일이다.

"오해입니다! 그런 일 없습니다!"

"스스로 잘못했다 인정하는 죄인은 없지."

"정말입니다. 믿어주십시오!"

"그것은 폐하 앞에서 고하라."

"장행님……."

"과연, 폐하가 뭐라 하실지?"

장행의 비웃음에 이령은 입술을 깨물었다. 무슨 말을 한들 통할 자가 아니다. 장행에게 이령은 그저 원수인 것이다. 두 아들을 죽인 원수…….

외조에는 이미 주요관료의 절반 정도가 모여 있었다. 승상이 걱정스러운 얼굴로 이쪽을 보고 있다. 그 옆의 태위는 벌레 씹은 얼굴을 하고 있다. 우락부락한 얼굴에 어울리지 않게 마음이 여린 태위는 자기가 면회를 허락한 것 때문에 이런 일이 생겼다고 스스로를 책망하고 있을지도 모른다.

두 사람에게 괜찮다고 말하는 것도, 눈길을 주는 것도 허용되지 않은 채, 이령은 옥좌 앞에 무릎 꿇렸다. 양팔은 억센 두 병사의 손에 꺾여 있다. 옥좌는 아직 비어 있었다.

머지않아 귀에 익은 발소리가 들리고 황제가 외조로 들어왔다. 심장이 빨리 뛰었다.

혹시 폐하도 나를 자객이라고 의심하는 게 아닐까. 그런 생각에 가슴이 갈가리 찢어지는 듯 아프다.

황제가 옥좌에 앉자마자 기다렸다는 듯 장행이 소리를 높였다.

"폐하, 폐하의 안위를 해치려 한 무엄한 놈을 잡아왔나이다."

황제는 답이 없다. 장행이 의기양양해서 계속 말했다.

"이자는 예전부터 수상했습니다. 저는 이자가 환관과 가까이 지내며 밀담을 나누는 모습을 몇 번이고 보았습니다."

당치도 않은 트집이다. 그냥 이야기를 나누었을 뿐인데 밀담이라니…….

하지만 장행의 망언은 그칠 줄 몰랐다. 계속해서 이령에게는 납득할 수 없는 이야기를 늘어놓았다.

"이자와 그 환관은 같은 희국 출신으로, 자신의 부모, 모국을 멸망시킨 폐하를 원망하고 있을 것은 명백한 사실이며, 폐하께 해를 끼치고자 하는 마음도 자연스럽게 생겼을 것입니다."

말도 안 된다. 이령은 어금니를 꽉 깨물었다. 자신과 소천이 의심받는 것도 화나는 일이지만 황제의 기분을 생각하면 더 마음이 아팠다.

황제는 자신의 손으로 희국을 멸망시켜야 했던 그 일을 지금도 후회하며 스스로를 책망하고 있다. 그런 황제의 깊은 상처를 파헤치는 말을 아무렇지도 않게 늘어놓다니, 용서할 수 없었다.

하지만 자기가 무엇을 하고 있는지 모르는 장행은 득의만면하여 이령과 소천을 계속 비난했다.

"다행히, 저 환관은 고매하신 폐하께서 이미 옥에 가두셨지요. 그래도 이자는 아직 포기하지 않고 폐하를 원망하는 마음을 키워온 것입니다. 오늘 환관이 갇힌 옥에 무단

침입하여 둘이서 또 모반을 꾀하고 있는 것을 우연히 지나던 제가 발견하여 잡아왔습니다."

"거짓입니다!"

이령이 소리쳤다.

"저도 중상시님도 모반 따위 꾀하지 않았습니다……!"

"닥쳐라!"

말이 끝나기도 전에 병사들이 양팔을 뒤로 잡아당기고 머리를 바닥에 내리눌렀다. 난폭한 행동에 낮게 신음하자, 옥좌에서 날아온 날카로운 목소리가 병사들을 저지했다.

"거칠게 다루지 마라!"

병사들이 조금 힘을 뺐다. 하지만 숨 돌릴 틈도 없이 장행의 보고가 계속되었다.

"아까 이자로부터 압수한 것입니다."

장행이 손에 가지고 있던 보따리를 풀었다. 이령이 소천을 위해 챙겨온 보따리인 것은 사실이다. 그 안에는 갈아입을 옷가지와 소지품이 몇 개 있을 뿐, 특별한 것은 없었다. 하지만…….

장행은 그 안에서 죽간 하나를 꺼내 끈을 풀었다. 그리고 몹시 거드름 피우는 동작으로 그것을 황제에게 내밀었다.

"폐하, 보십시오. 이런 것이 들어 있습니다."

이령은 경악했다. 자신은 죽간을 넣은 기억이 없었다.

황제가 그 죽간을 받아들고 읽었다. 차가운 시선은 변하지 않았다. 또렷한 목소리로 죽간을 읽어나갔다.

"당신은 희국의 마지막 왕족, 희국의 왕이나 다름없는 분. 저는 지금도 희국 왕에게 충성을 바치는 신하입니다."

주변이 웅성거리기 시작했다.

"저는 어제 황제 왕상에게 올리는 죽간 사이에 칼을 숨겼습니다. 외조에는 칼을 들일 수 없지만 이렇게 하면 아무도 모를 것입니다. 왕상이 그 죽간을 손에 들려고 할 때 모든 일이 끝날 것입니다. 저는 관료들 앞에서 왕상을 해하려 합니다. 눈앞에서 자신들의 왕이 죽어가는 고통, 그 무력감을 맛보게 할 것입니다. 이것으로 내 복수가 완성되는 것입니다. 황제를 쓰러뜨리고 희국을 부흥시킨다는 제 염원이 이루어지는 것입니다……."

끝까지 읽은 황제가 죽간에서 고개를 들자 장행이 병사들에게 명했다.

"죽간 사이를 조사하라!"

병사들이 순식간에 책상 위에 쌓여 있던 모든 죽간의 끈을 풀고 펼쳤다.

"있다……!"

병사 하나가 죽간 속에서 작은 칼을 발견했다. 장행은 죽간 채로 그것을 받아들고 이령의 눈앞에 내밀었다.

"네 것이냐?"

믿을 수 없는 광경에 이령이 신음했다.

자신의 것이었다. 죽간을 깎을 때 쓰는 작은 칼. 언제인지도 모르게 잃어버린 채 잊고 있었는데, 설마 여기서 나올

줄이야…….

"제, 제 것…… 입니다."

인정하자 장행이 희미하게 웃었다. 승리의 미소였다.

이령은 분한 마음에 부들부들 떨리는 어금니를 깨물었다.

'당했다…….'

이것은 장행의 모략이다.

소천을 만나러 간 감옥 앞에서 이령을 체포하면서 이령의 보따리 속에 미리 준비해 둔 죽간을 몰래 넣었을 것이다. 칼은 훔쳤는지 주웠는지 모르겠지만, 미리 죽간 속에 넣어뒀다가 이령을 체포하자마자 누군가에게 명령해 다른 죽간 속에 섞어놓았을 것이다. 치조라면 몰라도 외조야 드나드는 사람이 많고, 외조의 책상에는 늘 죽간이 쌓여 있으니 하나 더 늘어났다 한들 아무도 의심하지 않았을 것이다.

주도면밀한 계획이었다. 장행은 이령이 소천에게 보내는 것처럼 꾸민 편지와 이령이 잃어버린 칼로 덫을 놓고, 알맞은 순간이 오기를 줄곧 기다려 왔던 것이다.

이령은 고개를 틀어 장행을 보았다.

무섭다. 얼마나 무서운 사람인가. 자신의 복수를 위해서는 황제조차 속이는 사람. 나는 이런 사람의 계략 때문에 끝나게 되는 것인가…….

"아닙니다!"

이령이 비명처럼 소리쳤다.

"저는 아무 일도 꾸미지 않았습니다! 이것은……."

이것은 모두 장행이 꾸민 일입니다.

그렇게 말하려 했지만 이령은 입을 닫았다. 사실을 이야기한들 아무도 믿지 않으면 의미가 없다. 장행은 황제의 신하 중에서도 특별히 선황 폐하 때 큰 공을 세운 공신이다. 하지만 이령은 그냥 하급관리, 게다가 든든한 후원자 하나 없다. 단 한 명 기댈 수 있었던 소천마저 모반죄로 감옥에 있다.

사람들이 누구 말을 믿을지, 상상하기 어렵지 않았다. 하지만 가만있을 수는 없다. 내가 황제 폐하를 어떻게 생각하는지 다른 사람은 몰라주어도 괜찮다. 폐하만 알아주신다면.

"저는 폐하를 배신하지 않았습니다. 일생 곁에서 모시겠다고 폐하께 맹세한 몸. 제 마음은 모두 폐하의 것입니다. 세상 모두 폐하를 배신한다 해도 저만은 곁에 남을 것입니다."

"이놈, 또 그런 말을!"

장행이 초조한 말투로 소리쳤다.

"지독한 놈! 매운맛을 봐야 네놈이 어떤 입장인지 알겠구나."

장행의 광기가 한층 더해졌다.

"누가 가서 채찍을 가져와라. 내가 직접 이놈에게 알려줘야겠다."

누군가 채찍을 가져오자 장행은 그 위력을 과시하듯 채찍으로 바닥을 내리쳤다. 좌악! 바람이 일었다.

저것에 맞으면 얼마나 아플까. 두려움에 온몸이 떨려왔다. 하지만 공포는 그게 다가 아니었다. 누군가 목 뒤의 옷깃을 당겼다. 채찍질하기 위해 맨살을 드러내려는 것이다. 그렇게 되면 이곳의 모든 이가 이령이 여자임을 알게 된다.

그때 태위가 다가와 병사의 손을 낚아챘다.

"이봐, 너무 난폭하잖아. 아직 이자가 암살자로 밝혀진 것도 아니다."

그에 답하는 장행의 목소리가 차가웠다.

"그러고 보니, 이자의 면회를 허락한 게 태위님이라지요?"

"그, 그것은……."

"괜찮으십니까? 이 이상 싸고돌다간 태위님마저 의심하게 될 것 같습니다만."

"으음……."

서로를 노려보는 두 사람 사이에 끼어든 것은 승상이었다.

"그만하시오. 둘 다. 폐하 앞에서 이 무슨."

"하지만, 장행이……."

"그만하세요. 장행님도 과하십니다. 만약 이자가 진짜 암살자라 해도 공범이 더 있을지도 모르고 일단 철저한 조사부터……."

승상의 목소리가 끊긴 것은 황제가 갑자기 일어섰기 때문이었다. 모두가 마른 침을 삼키며 지켜보는 가운데 황제는 옥좌에서 내려와 이령 앞에 섰다. 그리고 장행에게 손 내밀었다. 직접 채찍을 치실 생각인가? 장행은 기쁜 표정으로 황제에게 채찍을 건넸다.

"풀어줘라."

황제의 명령에 병사들이 이령을 결박하고 있던 손을 풀었다. 딱딱하게 굳어 삐걱대는 어깨와 팔을 추스르며 이령은 황제의 발아래 엎드렸다. 황제의 목소리는 결코 크지 않았지만 우렛소리처럼 쩌렁쩌렁하게 울렸다. 이런 목소리를 가진 사람을, 이령은 본 적이 없다.

"왜 천을 만나러 갔느냐?"

이 대답에 거짓은 필요 없었다. 정직하게 있는 그대로 이야기하면 된다.

"중상시님이 걱정되어 갔습니다."

하지만 그 대답은 황제 마음에 들지 않았던 모양이다. 목소리에 불쾌한 기운이 서렸다.

"왜 천을 걱정하느냐?"

"중상시님은 누명을 쓰고 갇히셨습니다. 그분은 털끝만큼도 모반을 생각하지 않으셨습니다. 중상시님은 지금도 폐하가 어린 시절 함께 어울리셨던 그때 그 모습 그대로입니다."

"그거야 내가 제일 잘 알고 있다."

"그렇다면 왜 가두셨습니까? 중상시님을 의심하는 듯한 말씀까지 하시니 저는 도저히 폐하의 심중을 모르겠습니다. 중상시님의 무엇이 그렇게 마음에 들지 않으셨는지."

잠시 정적이 흘렀다.

'답하기 싫으신 거야.'

여자의 직감이었다. 황제는 망설이는 것이 아니라 솔직히 대답하기 싫어서 입을 다물고 있다.

이윽고 황제가 작은 한숨을 쉬며 질린 듯 입을 열었다.

"네 잘못이다. 네가 천과 너무 가깝게 지내서이다."

"네?"

"왜 밤에 내게 오지 않는 것이냐? 내 작은 새여. 나는 매일 밤 너를 기다리고 있는데."

에에에엑? 누군가 경련을 일으키듯 비명을 질렀다. 아마도 승상일 것이다.

알고 있었던 것이다. 황제는 요괴의 정체가 몸종 이령이라는 것을 눈치채고 있었다.

이령이 고개를 들었다. 그녀를 내려다보는 황제의 검은 눈동자가 맑게 빛나고 있다. 차가운 기색은 이미 사라지고 희미한 따뜻함마저 감돌고 있었다.

"네가 령이지 않느냐?"

"눈치채셨… 습니까……?"

아연실색해 묻자 황제는 희미하게 미소 지었다. 요괴인 이령을 품에 안을 때 보이던 어딘가 음탕한 웃음이었다.

"당연하지. 그렇게 붙어 있는데."

"아……."

혹시 이미 오래전에 꿰뚫어보고 있었던 것은 아닐까?

어설픈 몸종 이량이 실은 여자라는 것도, 그것이 이량의 누나 이령이라는 것도, 그리고 요괴의 정체도, 모두.

"송구스럽습니다, 폐하. 저는 폐하를 속이고……."

"그런 건 아무래도 좋다. 그보다 다시 한 번 맹세해라. 평생 내 옆을 떠나지 않겠다고."

"폐하……."

"네가 없는 미래 따위 나는 생각할 수 없다. 나는 너 없이 살 수 없다."

"저, 저도……."

눈물이 차올랐다. 맑은 눈물방울이 끝도 없이 솟아나와 이령의 뺨을 타고 흘렀다.

"저도 폐하를 좋아합니다……. 폐하가 없으면 살 수 없습니다……."

황제가 폭 안아주었다. 정신을 차려보니 이미 그 품 안이었다.

모여 있던 관료들은 모두 아연실색한 얼굴이다. 다들 무슨 일이 일어나고 있는지 모르고 멍해 있는 것이다. 그중에서도 장행의 표정이 가장 곤혹스러워하고 있었다. 얼굴이 하얗게 질린 채 서 있는 장행의 발아래, 황제가 던진 죽간이 날아들었다.

"이 녀석 필적을 잘 흉내 내긴 했다만, 아쉽게도 이 녀석 글자는 더 엉망이라네."

"엥."

아무리 사실이라지만 그런 심한 말을. 황제의 품에 안긴 이령은 마음속으로 투덜대며 장행을 내려다보았다.

장행은 시치미 떼며 대답했다.

"폐하, 저는 무슨 말씀이신지 도무지……."

이런 상황에서도 잡아떼려는 것이다. 질리다 못해 감탄할 지경이다.

"네가 쓴 것이지 않느냐?"

"아닙니다."

"그럼 누가 썼는가?"

"이자영의 짐 속에서 나왔으니 이자영이 쓴 것이겠지요. 속으시면 안 됩니다. 폐하는 이자를 특히 총애하시지만 이자는 그렇게 폐하를 농락하고 마음대로 움직이려 하는 것입니다."

"과연, 그렇군."

황제가 끄덕였다.

"뭐, 이 녀석에게 푹 빠진 것은 사실이지. 무슨 떼를 써도 다 들어주고 싶으니……."

이런 상황에서도 달콤한 눈길에 두근, 가슴이 울렸다. 이령은 뺨을 붉게 물들이며 황제의 눈동자를 응시했다.

장행은 정다운 두 사람을 보며 꺼림칙하다는 듯 물었다.

"왜 그자를 그렇게 총애하십니까? 폐하, 아뢰옵기 황공하오나 다소 눈이 어두워지신 건……."

"왜냐?"

"꼭 제 입으로 고해야 합니까? ……남색이라니, 추잡스럽기 짝이 없는……."

그 말을 듣고 이령은 겨우 자신이 아직 남자의 모습임을 깨달았다. 여기 있는 사람들은 황제 이외에는 모두, 그녀를 이량이라고 생각하고 있다. 그 상황에 황제 폐하와 자신이 사랑하는 사이라 했으니 남색이라 의심받은들 할 말이 없다.

아까 승상이 기괴한 비명을 지른 것도 필시 그 때문이리라. 안 그래도 승상은 황제가 후사도 만들지 않고 남색에 빠지게 되면 어쩌나 전전긍긍하고 있었는데, 그 걱정이 현실로 나타나 버린 것에 대한 절망의 비명이었을 것이다.

'어쩌지……?'

진실을 고백해야 하나? 하지만 어디서부터 말하면 좋을까?

이령이 망설이는 것도 개의치 않고 황제는 청청한 얼굴을 들어 장행에게 답했다.

"추잡스럽게 굴어 미안하군."

"폐하……. 허나……."

"그러나……!"

황제의 목소리가 장행을 가로막았다. 단정한 얼굴에 지

금껏 본 적 없는 웃음을 띠고 있다.

그에 압도되어 입을 다문 장행에게 황제는 웃음기 가득한 얼굴로 선언했다.

"그러나, 실은 여자라네."

"에엑……?"

황제의 손가락이 이령의 머릿속으로 쑥 들어왔다. 그 손길에 갓이 떨어지고 꽁꽁 묶여 있던 머리카락이 흐트러졌다. 묶은 곳을 풀고 손가락으로 빗어 내리자 매끈한 흑발이 한 번에 풀려 어깨를 덮었다. 그리고 그것은 이령의 모습을 완전히 바꾸어 놓아, 한층 여성스러운 인상으로 만들어 놓았다.

"그런… 설마……."

장행이 절규했다.

"어째서 여자가 관리가 되어 폐하 옆에……."

장행이 의문을 갖는 것도 당연하다. 다른 신하들도 놀람을 감추지 못하는 모습이다.

그때 맑은 목소리가 조전에 울려 퍼졌다.

"그건 제가 설명해 드리지요."

소천이었다. 소천이 옥에서 나온 것이다.

"중상시님!"

이름을 부르자 소천은 황제의 품에 안긴 이령을 보고서도 조금도 놀라지 않고 그저 아름다운 얼굴에 선명한 미소를 띤 채 고개를 끄덕였다. 늘 보던 그 모습이다. 기쁜 마음에 이령도 미소 지었다.

"중상시님, 이게 대체 어찌 된 일인가?"

가장 먼저 물은 것은 장행이 아닌 승상이었다.

"그대는 이 일에 대해 알고 있는가? 그럼 빨리 설명해 보게."

"알고 있지요."

젠체하며 소천이 황제 쪽을 향해 눈짓했다.

"모두 제가 꾀한 일이니까요."

"뭐라? 중상시님이?"

"네."

소천이 우아한 목소리로 웃었다. 득의양양한 소천의 태도와는 정반대로 이령은 조마조마한 기분을 감출 수 없었다. 소천은 어떻게 이 상황을 해결할 것인가? 모두 이령이 남동생인 척하며 황제를 모신 일을 이상하게 생각하고 있다.

하지만 그 연유를 설명하기란 쉽지 않다. 이야기하다 보면 이량이 궁에 들어오기 싫어 가출한 것까지 다 알려지고 말 것이다. 설마 소천은 그것까지 솔직하게 다 이야기할 셈인가? 그러면 안 되는데. 하지만 다른 핑계거리도 떠오르지 않고…….

초조한 이령과 달리 소천의 얼굴은 평온했다. 아무렇지 않은 듯 거짓말을 시작했다.

"여러분도 다 아시다시피 폐하는 여자를 싫어하시지요.

여자라면 까닭 없이 꺼리시고 전혀 가까이하지 않으시니, 이래서야 후사가 생길 리 없다고 생각했습니다."

승상이 끄덕였다.

"그건 그렇지."

그 옆에서 태위를 비롯한 다른 신하들도 고개를 크게 끄덕이고 있다.

"그래서 저는 계획을 세웠지요. 이자영의 누나인 요금을 이자영인 것처럼 하여 폐하를 바로 옆에서 모시게 한 것입니다."

"오호라."

"이자영이 여자임을 모르시는 폐하는 점차 이자영에 대해 신뢰하게 되셨고, 이요금 또한 이자영으로서 진심을 다하여 폐하를 모셨습니다. 황제 폐하와 이요금 사이에는 남녀를 넘은 신뢰가 먼저 싹튼 것입니다. 그렇게 되면 제가 할 일은 단 하나, 이자영이 실은 여자임을 폐하께 살짝 알려 드리는 것뿐."

"아하……."

"이미 서로 신뢰가 싹튼 사이가 남녀로서 가까워지면 연모의 정이 싹트는 것은 당연지사. 모든 것이 제 계획이었지요. 폐하, 여성 기피증이 나으신 것을 감축드립니다."

뭐랄까, 잘도 저런 평온한 얼굴로 술술 거짓말을 한다 싶다. 장본인인 이령조차 소천의 말에 넘어갈 뻔했을 정도다. 폐하는 절대 하지 못할 대담한 거짓말이다. 폐하는 거짓말을 죽도록 싫어하시니.

하지만 나는 그런 폐하가…….

'그런 폐하가 좋아…….'

"잘했다. 아주 잘했어!"

승상이 환성을 질렀다.

"그랬군. 이제 드디어 폐하도……."

꺼이꺼이 울음을 터뜨린 승상 옆에서 태위가 한숨을 쉬었다.

"비실비실하다 했더니 여자였군……."

"해서, 후사는? 회임은 아직인가? 이렇듯 사이가 다정하신데?"

앞서 나가는 승상의 말에 찬물을 끼얹듯 장행이 말했다.

"여러분, 모두 잊으신 듯한데, 저 환관은 죄인입니다! 죄인이 어째서 이곳에 얼굴을 들이미는가!"

그 말에 황제가 대답했다.

"내가 허락했다. 소천, 그자를 끌고 오라."

황제의 명령에 외조 밖으로 나갔던 소천이 낯익은 인물을 데려왔다. 이령이 갓 몸종이 되었을 때 이령을 괴롭혔던 장행의 측근이다. 장행의 얼굴에서 핏기가 가셨다.

장행의 측근은 바닥에 들어갈 정도로 낮게 엎드렸다.

소천이 그 옆에서 조용히 물었다.

"오늘, 너는 무엇을 했지?"

"…장행님… 곁에서……."

"감옥에 왔었지? 기억하고 있다."

문관이 떨며 고개를 끄덕였다.

"그래서? 이자영을 체포한 장행님이 외조에 왔을 때, 너도 함께였느냐?"

"…아닙니다……."

"어째서?"

"주, 죽간을… 주셔서… 한발 먼저 외조에 가라 하셔서."

무서운 고백에 주변이 술렁댔다.

"몰래 외조에 들어가 그것을 죽간 더미에 숨겼나이다."

참지 못했는지 그가 큰 소리를 내며 울기 시작했다.

"용서하십시오, 제발. 장행님의 명령 때문에 할 수 없이 한 일입니다. 거역하면 직책도 다 빼앗겠다며. 그래서 어쩔 수 없이……."

"그렇다고 합니다만."

소천이 장행을 보았다. 장행은 미세하게 떨고 있다. 휘둥그레진 눈 속 검은 눈동자가 우왕좌왕하고 있었다. 늘어진 볼이 움찔움찔 경련하고 축 처진 입가에 거품 같은 침이 부글부글…….

"적당히 하고 인정하시게."

황제가 말했다.

"소천을 가둬두면 네놈이 무슨 일이든 행동에 옮길 줄 알았다."

"그, 그럼 폐하께서는 일부러 저자를……?"

"당연하지. 소천은 날 배신하지 않는다."

그러나 장행은 집요했다.

"폐하……. 저는 폐하를 위하여 이 모든 일을 한 것인데, 폐하께서는 어찌 저 환관과 출신도 모르는 저 계집을 가까이 하십니까……? 이놈들은 원수입니다. 폐하의 목숨을 노릴 게 뻔합니다……."

황제의 목소리가 그 말을 가로막았다.

"이 녀석도 천도 나를 배신하지 않는다. 만약 그렇다 하더라도, 배신한 것이 이 둘이라면 나는 용서할 것이다. 그러니 암살자든 모반을 꾀했든 난 개의치 않는다. 미안하지만 그렇다."

"…폐하……."

"희국과의 전쟁을 막지 못한 것은 내 책임. 네 두 아들이 목숨을 잃은 것도 내 탓이다. 네가 미워할 사람은 이들이 아니라 나다. 나를 미워하라."

"아……."

장행이 맥없이 무릎을 꿇었다.

"장행을 데려가라."

황제가 명령했다.

"감옥이 아니라 감시를 붙여 자택에서 근신케 하라. 한 순간도 눈을 떼지 말고 딴생각은 하지 못하도록 지켜보라."

아까 이령이 죄인이 되어 걸어왔던 길을, 이번에는 장행이 죄인이 되어 끌려 나갔다. 기가 푹 죽어 휘청대는 그 뒷

모습은 지금 당장 쓰러져 죽어도 이상하지 않을 만큼 생기가 없었다.

이제야 끝이 났다. 어이없고 뒷맛이 씁쓸한 폐막.

하지만 마지막은 새로운 시작으로 이어지는 법. 이제 새로 올 시작에는 분명 즐거운 일이 기다리고 있을 것이다. 이령은 계속 그렇게 믿고 싶었다.

“중상시님!”

이령은 황제의 품에서 뛰어 내려와 곧장 소천에게 달려갔다. 소천이 양팔을 벌려 이령을 꽉 안아주었다.

“중상시님, 다행이에요. 무사하셔서 다행이에요…….”

“령, 그대도. 아까 끌려갈 때는 정말 어찌 되는 건가 싶어 조마조마했습니다.”

“폐하가 지켜주셨어요.”

“그랬군요…….”

“폐하가 평생 곁에 있어 달라 하셨어요. 저 너무 행복해요…….”

앞으로도 쭉, 언제까지나 폐하와 함께 있을 것이다. 가장 가까운 곳에서 그를 볼 수 있다. 이런 행복한 일이 일어날 것이라곤 상상도 못했다. 사랑하는 사람에게 사랑받는, 이런 기적이 내게 오다니…….

갑자기 누군가가 소천으로부터 그녀를 떼어놓았다.

깜짝 놀라 뒤돌아보니 황제가 세차게 이령을 끌어안았다.

"이봐, 너란 녀석은 정말, 상대를 잘못 찾은 게 아니냐?"

"중상시님이 무사하신 걸 보니 저도 모르게……."

"네가 그러니까 천을 가까이하지 말라 하고 싶어지는 거다."

황제의 말을 듣고도 이령은 그가 왜 화를 내는지 알 수 없었다. 황제가 조금 무서운 얼굴로 말했다.

"네게 꼭 물어보려 했다. 네게 천은 대체 어떤 존재이냐?"

"네? 중상시님? 아주 소중한 분인데……."

솔직하게 답했지만 황제는 집요했다.

"소중하다니, 어떤 의미로?"

"어떤 의미라니요……?"

"괜찮으니 답해봐라."

"네에……??"

뭐지? 여기서 대체 무슨 말을 해야 하지? 생각하고, 생각하고 또 생각한 끝에 이령은 가장 가까운 답을 골라냈다.

"으음……. 아마도 언니 같은……?"

풉, 소천이 웃음을 터뜨렸다.

"안타깝네요, 폐하. 현실은 이런 겁니다."

"쳇."

황제가 혀를 찼다. 소천이 유쾌하게 웃는 이유도, 왜 황제가 불쾌한 표정을 짓는 건지도 모른 채 어리둥절해 있는 이령에게 소천이 말했다.

"령, 저와 령이 너무 친하게 지내니, 폐하께서는 질투하시는 겁니다."

"질투요? 에에? 어째서?"

황제가 불만 가득한 얼굴로 입을 열었다.

"내가 질투하는 게 우스운가?"

"우습다기보다…… 이상해요."

"이상하다?"

"네, 저의 모든 게 폐하의 것인데, 제 마음 속에는 빈틈없이 폐하가 가득 차 있는데, 대체 무엇에 질투를 하신단 말입니까?"

황제는 놀란 듯 눈을 크게 떴다가 순식간에 행복한 표정이 되었다.

"너란 아이는 정말……."

"저…… 뭔가 하면 안 되는 말을 했나요?"

"아니…… 넌 정말 너무 사랑스럽군."

"에엣? 네?"

이번에도 역시 이해하지 못하는 이령은 포기하기로 한 모양이다. 황제는 소천 쪽으로 시선을 돌리고 다른 사람에게는 들리지 않는 작은 목소리로 말했다.

"좋은 때에 만났으면, 네가 이 녀석을 비로 맞게 되었을지도 모르겠군."

소천은 그저 미소로 답했다.

"미안하지만 내가 데려가마."

"네, 폐하."

소천이 신하의 예를 갖추며 황제에게 고개 숙였다.

"부디 행복하게 해주십시오. 제게도 소중한 아이입니다."

"알고 있다."

"울리시면, 아무리 폐하라도 용서 못합니다."

"약속한다. 목숨을 걸고."

오가는 두 사람의 눈빛에 웃음기는 없었다. 황제도, 소천도 왠지 무서운 얼굴을 하고 있다.

하지만 그 순간도 금방 지나가고 소천의 얼굴이 아름다운 미소로 개었다.

"자. 비전하. 가실까요?"

"비… 전하……?"

"이제 그대는 황제의 신부가 되실 분, 이제부터 비전하라 불러야 하지요."

폐하의 신부를 의미하는 비.

"아……."

처음으로 자신이 황제의 신부가 된다는 것을 실감했다. 눈을 반짝반짝 빛내는 이령에게 소천이 말했다.

"오시지요, 비전하. 어서 채비를 하고 모두의 앞에서 첫 인사를 하셔야 하니."

*　　*　　*

처음 발을 들인 침전은 소문대로 대단히 아름다운 건물이었다. 문을 열자 회랑이 이어졌다. 회랑의 중심에 연못이 있고 그 위의 천장은 뚫려 있었다. 회랑에 쏟아져 들어오는 햇빛을 막으려는 듯 반투명한 흰 천으로 된 발이 내걸려 있고, 연못 한가운데에는 수련이 붉은 꽃을 피우고 있었다.

그 회랑 끝에 있는 것이 황제의 거처. 회랑이 새하얀 석조인 것과 달리 방 안은 바닥에 폭신한 장판이 깔려 있고 벽은 반짝이는 천으로 덮여 있었다. 그 방 외에도 침실과 욕탕이 있고, 더 안쪽에는 정원이 꾸며져 있는 듯했다. 후궁정원 속, 폐하가 늘 밤을 보내던 별궁보다 몇 배나 넓고 호화로운 건물이었다.

"세상에……."

저도 모르게 환성을 지르자 황제가 씁쓸하게 웃었다.

"어마마마의 취향이다. 나는 마음이 편치 않아."

그 말에 이령은 지하 감옥에서 만난 황태후의 모습을 떠올렸다. 그러고 보니 그녀는 감옥에서조차 비싼 보석을 몸에 감고 있었다. 사치에 대한 집념이 보통을 넘는다.

나 또한 부를 손에 넣으면 그렇게 될까?

이령은 알 수 없었다. 희국에서 도망 와 이모 댁에 몸을 맡긴 후 사치 따위는 모르고 살았고 뭐든 제 손으로 했다. 지금도 몸단장을 돕는 시녀며 환관을 정중히 거절하고 서둘러 방 밖으로 내몰았을 정도다. 혼자서도 옷은 갈아입을 수 있으니까. 게다가 직접 하는 것이 훨씬 빠르다.

'결국 나는 궁상을 떨치지 못하는군.'

가난하게 살던 시절의 근성이 몸에 배 있다. 이런 자신이 황제의 배우자로 잘해 나갈 수 있을지 불안해하면서, 이령은 소천이 준비해 준 새 옷을 긴 의자 위에 펼쳐보았다.

"멋지다……."

옷깃과 소매입구가 금실로 수놓아진 흰 비단 윗옷과 선명한 연분홍빛 치마. 그 위에 걸치는 엷은 겉옷은 치마보다 연한 분홍빛으로 난생처음 본 투명한 소재였다. 서둘러 입어보려 가슴팍에 손을 대다가 문득 기척을 느꼈다.

"어째서 폐하가 거기 계십니까?"

황제가 입구 근처 벽에 기대서서 이쪽을 보고 있다. 아무래도 여자가 옷을 갈아입으려 하니 피해줘야겠다는 생각은 안 하는 모양이다.

"그게 무슨 소리냐? 도둑이라도 들지 않을까 걱정되어 지켜보는 중이다."

"도둑……?"

이 조전은 수천, 수만 명의 병사가 삼엄하게 지키고 있다. 그런 조전의 가장 깊은 곳에 들어올 수 있는 도둑이 있을까?

"혹여, 폐하의 암살을 꾀하는 자가 정말 있는 것입니까?"

진지한 얼굴로 묻자 황제가 슬쩍 시선을 피했다.

"장행이 소란스럽게 굴었던 일이라면 걱정하지 않아도 된다. 그건 소천의 계략이었으니. 아무리 희국을 증오하고 있다고는 하나 최근 장행의 행동은 도가 지나쳤지. 이대로 두면 궁중에 불화가 일게 될 터. 그렇다고 공신인 장행을 간단히 경질할 수도 없고 해서."

그렇다면……?

"장행님이 제 꾀에 빠지도록 함정을 파셨다는 말입니까?"

"그렇다."

"그런, 무서운……."

"무서운 것은 천이지. 전부 그 녀석이 생각한 거니까. 감옥에도 제 발로 들어간 것이다."

소천은 정말 머리가 좋다. 거짓말도 능하고, 그 정도 일이야 태평하게 꾸밀 법하지만 그것을 듣고 행동에 옮긴 황제 폐하도 참 대단하다.

"암살자가 절대 없으리라곤 할 수 없지. 아마 화양에서 멀어질수록 위험이 커질 것이다. 하지만 적어도 이곳에선 안심해도 되겠지."

"그럼, 폐하께서 굳이 계실 필요가 없지 않습니까?"

"왜? 내가 여기 있으면 안 되느냐?"

갑자기 황제가 불쾌한 기색을 띠었다.

"이제 와서 부끄러워할 사이도 아니고. 아니면 내가 갈아입는 걸 도와줄까?"

'정말, 심술궂다니까.'

언제까지고 저렇게 애 같은 얼굴로 나를 놀리시겠지.

하지만 이것은 이령이기에 보이는 얼굴이다. 언제나 근엄한 황제의 얼굴만을 보고 있는 관료들은 절대 이런 면은 모를 것이다. 그렇게 생각하자 폐하가 한층 사랑스럽게 느껴지는 자신도 참 못 말린다.

결국 이령은 체념하고 등을 돌려 옷을 갈아입기 시작했다. 허리띠를 풀고 수수한 심의를 벗고 속옷 차림이 되었다. 소매에서 팔을 빼고 속옷을 어깨에 걸친 채 소천이 마련해 준 비단 속옷을 밑에서부터 입으면 황제에게 맨살을 보이지 않고 갈아입을 수 없다.

아무리 그래도 옷 갈아입는 장면을 계속 보이고 있자니 조금 긴장되었다. 그 기분을 떨치기 위해, 그리고 진짜 궁금한 마음에 이령은 옷을 갈아입으며 황제에게 물었다.

"그런데 장행님은 어찌하실 생각입니까?"

황제가 뒤에서 답했다.

"벌하지 않을 수도 없고……. 적어도 해임은 해야겠지."

"좀 안되었네요."

"어쩔 수 없다. 어차피 후궁전은 텅 비게 될 것이고 장행의 직책 자체가 필요 없어질 테니."

그 말에 이령은 놀랐다.

"후궁전이 텅 비다니요? 어째서 그런?"

"네가 있으니 더 필요 없지 않느냐?"

"안 돼요. 안 됩니다."

황제가 또 뿌루퉁해졌다.

"어째서냐? 너 말고 다른 여자를 안아도 괜찮다는 거냐?"

"그거야 물론, 싫지만……."

"그럼 다 돌려보내도 괜찮겠지. 내게 신부는 너 하나면 충분하다."

"하지만 후궁 중에는 돌아갈 곳이 없는 사람도 있을 텐데요."

황제는 그제야 이령의 의도를 눈치챈 듯했다.

"그야…… 그럴지도 모르겠구나."

"게다가 폐하의 후비로 뽑혔다며 의기양양해 있는 사람도 분명 있을 터, 그런데 폐하께서 손도 대지 않고 돌려보냈다 하면 마음의 상처를 입겠지요. 모두들 기분 좋게 돌아가도록 해야 해요. 최선의 방법을 찾아야지요."

"으음……."

이령의 말에 황제는 생각에 잠겼다.

"여자란 참 귀찮은 존재군."

"어쩔 수 없어요. 원한을 사면 나중에 더 골치 아파지실걸요."

"그렇지. 이런 귀찮은 일은 천에게 맡겨야겠다."

이령이 웃었다.

"결국 중상시님을 찾으시는군요."

"쓸 수 있을 때 써야지."

"그렇게 꾀를 부리시다니."

"그 꾀부리는 남자를 좋아하는 건 누구지?"

이령이 돌아보며 답했다.

"저예요."

옷은 다 갈아입었다. 자랑거리인 고운 흑발도 빗어서 귀 뒷머리만 머리 위로 묶어 올렸다. 이제 비녀만 꽂으면 된다.

"어때요? 저 잘 어울려요?"

소천은 이런 날이 올 것을 꿰뚫어보았는지도 모른다. 윗옷도 치마도 이령에게 딱 맞았다. 재빠른 소천이 그녀의 몸에 맞춰 미리 준비해 두었을 것이다.

황제는 새 옷 입은 이령을 보고도 눈썹도 까딱하지 않은 채 다가왔다. 무뚝뚝하고 무표정한 것이야 진작부터 알고 있지만, 이런 때에는 듣기 좋은 말 한마디라도 해주면 좋으련만.

'아니면, 너무 안 어울리나?'

그래서 아무 말도 없는 걸까? 그런 거라면 너무 슬프다…….

고개 숙인 이령의 목덜미를 커다란 손이 감쌌다. 고개를 들어보니 황제의 눈동자가 뚫어져라 이령을 보고 있다. 그리고 눈앞에 내민 것은 아름다운 푸른 옥으로 장식된 비녀.

"예뻐요……."

이령이 탄성을 내뱉었다.

그 투명한 초록빛이 낯익었다. 그때 별궁에서 황제 폐하가 저 먼 서역의 것이라며 보여준 잔과 같은 빛깔.

"이건… 유리……?"

"마음에 드느냐?"

"혹시, 저를 위해……?"

"그래. 잘 어울릴 것 같아서."

황제는 웃으며 이령의 머리에 손수 비녀를 꽂아주었다.

"예쁘다."

서역의 유리는 대단히 귀하고 그만큼 비싸다. 그런 귀한 것을 자신을 위해 준비해 준 것도 기뻤지만 그보다 '예쁘다'는 말이 너무나 기뻤다.

"황공합니다. 폐하."

그렇게 말하고 미소 짓는데, 황제가 뼈가 으스러질 정도로 세게 안아왔다.

"이제야 내 것이 되었다."

"폐하……."

뜨거운 속삭임에 황홀히 취한 이령이 넓은 가슴에 뺨을 대며 물었다.

"폐하께서는 언제부터 제가 여자인 걸 아셨습니까?"

황제가 큰 손으로 이령의 등 뒤에 흐르는 머리를 쓰다듬으며 말했다.

"언제부터였을까."

"처음부터? 아니면 그 샘에서 만났을 때? 아니면 설마, 정말 중상시님이 알려주어서?"

이령의 말에 황제가 웃었다.

"그건 천이 거짓말한 것이다. 그 녀석은 능숙하게 거짓말을 하지."

사실이다. 이령도 깜짝 놀랄 정도였다.

"너를 샘에서 처음 보았을 때 생각했지. 아, 역시 여자였군, 하고. 그러니까 그때 처음 안 것인지, 처음부터 알았던 것인지 나도 잘 모르겠군."

"폐하는 여자를 싫어하시면서 어째서 그때 저를… 그……."

부끄러워서 차마 '왜 그때 나를 안았느냐' 고 묻지 못했지만 황제는 그 질문을 알아챈 모양이다. 이령의 머리칼을 한 줄기 손에 쥐고 입 맞추며 대답했다.

"글쎄. 왜 그랬는지 나도 모르겠다."

"혹시…… 많이 취하셔서?"

"그 정도 술로 취할까 보냐?"

그런가? 그렇게 독한 술이었는데.

이령은 책망하는 눈빛으로 황제를 보았다. 하지만 황제의 눈동자 속에 있는 것은 아플 정도로 뜨거운 정열이었다.

"그때는 그냥 너를 내 것으로 만들어야겠다는 생각밖에 없었다. 그렇게 하지 않으면 내가 부서져 버릴 듯했다. 그런 충동은 난생처음이었지. 이성을 넘어선 도저히 억누를 수 없었던 충동."

"폐하……."

"그런 나를 네가 받아주었다. 그날 밤 난 정말 행복했었다. 그런 평온한 시간을 보낸 것은 황제가 된 이후 처음이었어."

황제의 목소리가 열기를 띠었다. 이령의 몸과 마음을 뒤흔드는 열기. 이령의 등에 묘한 전율이 일었다.

"…아앗……."

아주 희미한 한숨이었을 뿐인데, 황제는 날카롭게도 그것을 눈치채고 낮게 웃었다.

흐트러지기 시작한 숨을 어떻게든 고르려고 이령이 다시 물었다.

"처음부터 아셨다면 그때 왜 저를 요괴라고 하셨어요?"

"그것은……."

황제가 말을 흐렸다.

"그렇게라도 하지 않으면 네가 도망쳐 버릴까 봐."

그건 그렇다. 정체를 들킨 것을 알았다면 이령은 황제를 받아들이지 않았을 것이다. 끝까지 거부하다 도망쳤을 것이다.

"그리고, 너에게라면 죽어도 좋다고 한 것은 거짓이 아니다. 그날 밤 나는 기꺼이 네게 내 목숨을 바치고 싶었다."

"그런 말씀 마세요."

이령이 황제의 가슴이 손을 대며 말했다.

"역시 그때 취해 계셨어요."

"그럴지도 모르지."

황제가 작게 소리 내어 웃었다.

"자, 이번엔 네 차례다."

"네?"

되물을 틈도 없이 뒤에서 세게 안더니 품 안으로 손이 들어왔다. 커다란 손이 가슴을 감싸고 주무르기 시작했다. 익숙한 손가락은 옷 안에서도 그 돌기를 금방 찾아내어 꼬집고 돌리고 간질이고 있다.

"아, 안 돼요. 폐하……. 놓으세요. 놓아주세요……."

이령이 도망치려 했지만 황제는 집요했다. 이령의 민감한 곳을 금세 찾아내어 그녀를 쾌락의 소용돌이 속에 빠뜨렸다.

"대답하라. 왜 그동안 별궁에 오지 않았지?"

귓가의 속삭임은 그 자체만으로도 애무였다. 간지러운 쾌감에 몸을 떨며 이령이 가느다란 목소리로 답했다.

"괴로웠어요……."

"괴롭다니?"

황제가 입술로 귓불을 품었다. 음란한 열기가 몸 깊은 곳에서 솟아오른다.

"폐하가 원하시는 것이 환상의 세계 속에 사는 요괴인 줄 알고, 저는 진짜 요괴가 아니니까. 이렇게 폐하를 사랑하는데도 폐하가 원하는 것은 제가 아니라 생각하니 괴롭고, 슬퍼서……."

"그래서 거리를 두려 했단 말인가?"

"네……."

고개를 끄덕이자 이령을 안고 있던 팔에 힘이 들어갔다. 완전히 밀착한 몸에서 황제 폐하의 열기가 전해져 온다. 그곳은 이미 뜨겁게 솟아 있었다. 팽팽히 긴장한 채 이령에게 쾌락을 요구하고 있다.

"…아아……."

닿은 것만으로도 사나운 기운이 느껴졌다. 곧 찾아올 쾌락을 상상하며 황제 폐하의 손바닥 안에 있는 가슴이 팽팽히 부풀었다.

"나쁜 여자다. 나를 이렇게 애태우다니……."

"…저는 그러려고 한 게……."

"네가 내게 너를 허락한 것은 밤뿐이었다. 똑같은 너인데, 낮 동안에는 너를 만질 수 없다니."

"폐하……."

"낮에는 내 옆에 와서 아무렇지 않게 웃고 있는, 네 그 순수한 표정이 미웠다. 몇 번이고 낮에도 네 옷을 찢고 그 자리에서 범하고 싶었는지 네가 알겠느냐."

설마, 이령은 생각했다.

요즘 폐하가 계속 불쾌한 표정을 짓고 있었던 것은 그 때문인가?

그러고 보니 이령이 별궁에 가지 않게 되고 나서부터 황제의 얼굴이 어두워졌다. 소천 때문이라고 단정 짓고 말았지만 그런 사정이 있었다니…….

"죄송해요."

이령은 황제의 팔에 안긴 채 몸을 틀어 그의 얼굴을 보았다.

"폐하께서 그렇게 저를 기다리고 계시는 줄 몰랐어요."

"이제 더 기다릴 필요가 없겠지?"

황제의 손바닥이 허벅다리를 쓸었다.

"나는 더 못 기다리겠다."

분홍빛 치마와 그 아래 속옷을 가르고 손가락이 이령의 다리 사이에 바로 닿았다. 황제의 의도를 깨닫고 이령이 몸을 틀었다.

"안 돼요, 폐하. 놓아주세요."

하지만 황제는 멈추지 않았다.

"어째서? 너도 벌써 이렇게 젖어 있지 않으냐?"

"그러니까요! 모처럼 이렇게 고운 옷을 입었는데, 버리면 안 되니까!"

황제가 웃었다.

"그럼, 더럽혀지지 않도록 조심해야겠군."

"네?"

황제는 이령이 두르고 있던 치마와 속옷을 걷어 올리고 촉촉이 젖은 그녀의 샘을 드러냈다.

곧장 황제의 손가락이 들어왔다. 좌악, 머릿속이 순식간에 화려한 빛깔의 열로 물들었다.

"아아… 아앗……."

깊은 곳을 더듬던 손가락은 천천히 입구까지 되돌아와 또 깊은 곳으로 들어가길 반복하고 있었다. 그때마다 축축하게 젖은 소리가 방에 울려 퍼졌다. 황제의 손을 축축이 적신 샘물이, 그것만으로는 부족하다는 듯 허벅지를 타고 떨어졌다.

"아… 아아……. 안 돼요… 놓으세요, 폐하……."

이령이 간절히 말했다.

그 말과는 반대로 이령의 내부는 황제의 손가락을 놓치지 않겠다는 듯 꾹꾹, 조여들고 있다. 이 이상 가다가는 멈추지 못할 것 같았다. 쾌락에 빠져 버릴 듯했다.

"안 돼요… 폐하, 더 기분 좋아지면……."

"어째서?"

황제가 귓불을 살짝 깨물었다.

"어째서 기분 좋아지면 안 되지?"

"그렇지만……."

"그렇지만?"

"모두들 기다리시는데……."

승상 이하 모든 관료가 아까부터 외조에서 이령의 채비가 끝나기를 기다리고 있다. 아무리 여자의 치장에는 시간이 오래 걸린다고 하나, 이렇게 마냥 기다리게 할 수는 없다.

하지만 황제 폐하는…….

"더 기다리라 해라. 내가 훨씬 더 오래 기다렸단 말이다. 너와의 이 순간을……."

황제의 손가락이 빠져나갔다.

황제는 쾌락에 흔들리는 이령의 양손을 벽에 짚게 하고 뒤에서 서서히 그녀를 뚫고 들어갔다. 촉촉이 젖은 이령의 샘은 조금도 움츠리지 않고 단숨에 황제를 깊이 맞아들였다.

"아아아아……."

이령의 입술에서 교성이 흘러나왔다.

더 이상 거부할 수 없다. 사실은 간절히 원했다. 강한 팔에 안겨 황제 폐하의 열기를 몸 깊숙한 곳으로 느끼고 싶었던 것은 자신도 마찬가지…….

"아앗… 아아……."

뒤편에서 몇 번이고 치고 올라오니 정신이 아득해졌다. 머릿속이 녹아 전부 헐떡이는 숨으로 흘러나올 듯하다. 늘 정체를 숨기기 위해 완고히 입술을 깨물고 있었던 것이다. 숨을 죽이고 환상 속 요괴인 척 연기했다.

하지만 오늘부터는 그럴 필요가 없다.

이령인 채로 살면 된다. 황제 폐하는 이런 자신을 사랑해 주었다.

"폐하……. 폐하……. 저…… 정말, 미칠 것 같아요."

이령을 흔들면서 황제가 웃었다.

"어떻게 미칠 것 같으냐?"

그 물음에 이령이 솔직히 대답했다.

"너무… 기분 좋아서……."

부끄러운 말을 내뱉어 버렸지만, 몽롱해져 가는 의식 속에서는 그것이 좋은 일인지 나쁜 일인지 판단이 서지 않았다.

"…아앗……. 너무… 기분이… 좋아서… 망가질 것 같아요……."

"목소리를 들으니 역시 좋구나."

"아아……. 폐하……."

"사랑스러운 목소리다, 령."

그녀의 휘를 부르는 황제의 목소리에 머릿속이 새하얗게 물들었다. 손가락 끝까지 퍼지는 쾌감에 서 있기가 힘들었다.

황제는 무릎이 꺾여 무너질 듯한 이령을 끌어안더니, 잠시 몸을 떼고 이령의 몸을 돌렸다.

이번에는 서로 마주 보는 자세가 되어 또 한 번 깊이 황제의 치솟는 열기가 몸 안에 들어왔다.

황제는 이령을 안고 귓가에 속삭였다.

"령……. 이름을 불러다오……."

"폐하……."

"이제는 아무도 불러주지 않는, 내 진짜 이름을……."

"아아……."

특별한 사이에서만 부를 수 있는 이름. 가족, 친구, 아니면 연인.

"상……."

조심스레 입에 담자 황제가 행복하게 미소 지었다.

그것만으로 이령도 행복했다.

"사랑해요. 사랑해요. 나의 상……."

"나도, 나도 너를 사랑한다."

"아… 아아……. 아아아아아……."

혹시…….

쾌락에 젖은 머리 한쪽으로 이령은 생각했다.

소천은 이 모든 것이 황제와 이령을 가까워지게 하려 자신이 꾸민 일이라 했다. 여자인 이령을 남자로 만들어 폐하 옆에 두고 두 사람이 자연스레 가까워지도록 꾀했다고 고백했다.

절반은 엉터리지만, 혹시, 나머지 절반은 진짜가 아니었을까?

십육야의 밤, 황제 폐하와 만난 그 샘을 알려준 것은 소천이다. 그때는 여러모로 힘들어하는 이령의 기분을 풀어주려 했던 것이라 생각했지만, 지금 생각해 보면 밤중에 후궁정원에 들어가게 권하다니, 이상한 일이다.

게다가 소천은 황제가 그 별궁에서 매일 밤 혼자 지내는 것을 미리 알고 있었을 터. 황제 주변의 일이라면 다 꿰고 있는 소천이 그 사실을 몰랐을 리 없다.

소천은 모든 것을 알고 이령을 그곳에 보낸 것이다. 그래서 황제와 첫날밤을 보내고 온 이령을 마중하러 온 것이다.

황제 폐하도 자신도, 둘 다 소천의 손바닥 위에서 놀아났는지도 모른다.

예리한 소천은 처음부터 이령과 황제 폐하가 사랑에 빠지게 될 것이라 처음부터 직감했을까? 그라면 그럴 수 있다. 놀라울 만큼 다른 사람의 기분을 잘 읽는 사람이니.

아니면 소천에게도 이것은 도박이었을까? 달콤한 열락의 파도에 몇 번이고 몇 번이고 흔들리면서, 이령은 사랑스러운 남자의 귀에 속삭였다.

"…상……. 저, 무슨 일이 있어도, 당신 곁에 있을게요……."

"령……."

"그러니까 절대, 저를…… 놓지 마세요……."

부도 권력도 비싼 보석도 필요 없다. 당신만 있으면 된다.

이령의 마음을 알겠다는 듯 그가 세차게 고개를 끄덕였다.

"알고 있다. 죽어도 놓지 않겠다."

이 얼마나 행복한 맹세인가.

'이것도 중상시님 손바닥 위의 일일까……?'

문득 떠오르는 생각에, 이령이 웃었다. 그렇다 해도 되어야 했을 대로 된 것이다.

그러니 필시, 이것은 천명…….

*　　*　　*

이량이 발견된 것은 그로부터 며칠 후에 알았다. 기뻐하는 이령에게 조금 미안한 듯 소천이 말했다.

"사실, 진작부터 찾아두고 있었는데 여러 가지 사정이 있어서 좀처럼 말할 기회가 없어……."

이령은 그 말을 다 믿지 않았다. 뭐니 뭐니 해도 소천은 천부적인 거짓말쟁이다. 황제 폐하 앞에서도 태연하게 거짓을 말한다.

소천은 알고서도 숨겼던 것이리라.

이령을 그대로 이량인 척 황제 곁에 두기 위해. 이량의 소식을 알게 되면 이령이 남장을 그만두고 이모 댁에 곧장 돌아가 버릴까 봐 걱정했을 것이다. 이령의 마음이 한층 황제에게 가까워지려면 그래서는 안 되었다.

"중상시님은 언제부터 아셨어요?"

이령의 질문에 소천이 빙긋, 미소로 답했다.

"동생 분 거처 말입니까?"

이령이 고개를 저었다.

"아니요. 저와 폐하가 서로 사랑하게 될 천명이라는 것."

허를 찔린 것인지 소천의 표정이 살짝 무너졌다. 늘 흐트러지지 않는 소천에게는 드문 일이다. 작은 쾌감에 젖은 이령이 소천에게 미소 지었다.

"중상시님은 뭐든 다 알고 계시지요."

"비전하……."

"둘이 있을 때는 '령' 이라 부른다 약속하셨잖아요."

장난스럽게 말하자 소천의 얼굴에도 미소가 돌아왔다. 괴로움을 숨기는 가면. 하지만 지금만큼은 가면 아래의 소천도 웃고 있으면 좋겠다고 생각한다.

소천이 말했다.

"령. 저는 처음부터 알고 있었습니다."

"처음부터?"

"네, 그대가 붓을 들고 길을 헤매고 있었을 때부터, 이미……."

깜짝 놀랐다. 그때의 이령은 황제를 그저 '무섭다' 고만 생각했었는데.

"그대와 폐하가 잠깐 마주 보았을 때, 예감했습니다. 두 사람이 이어지게 될 것이라고. 무언가 운명 같은 것을 느꼈지요."

"……뭔가 믿을 수 없는데요."

"제 눈은 남들보다 훨씬, 훠얼씬 날카롭지요. 좋든 싫든, 그렇답니다."

그런 연유로…….

이령과 황제는 몰래 이량이 있다는 곳으로 향하고 있다.

이령은 엷은 물빛 윗옷에 보라색 치마를 입고, 황제는 숯빛의 심의를 걸치고 있다. 비단이 아닌 마로 된 옷이다. 이렇게 둘이 나란히 걷고 있으면 어딘가 좀 좋은 곳에서 온 부부로밖에 보이지 않을 것이다.

천성궁을 몰래 빠져나와 소천이 가르쳐 준 길을 따라 겨우 도착한 곳은 화양 중에서도 가장 외곽에 있는 지극히 황량한 곳이었다.

뒤로는 산을 두르고 눈앞에는 갈대가 무성한 강변이 펼쳐져 있다.

시야에 들어오는 집이라곤 단 한 채. 그것도 집이라기보다 초막에 가까웠다.

정말 이런 곳에 이량이 있단 말인가?

조심조심 다가가 보니 그곳은 초막이라 부르기에도 부끄러울 정도로 황폐한 모양이었다. 그 앞에서 이량은 들통의 물을 독에 부은 후 텅 빈 들통을 양손에 들고 뒷산으로 발을 옮기는 중이었다.

"량아!"

더 참지 못하고 이령이 동생의 이름을 불렀다.

이량이 천천히 돌아보았다. 그 눈이 누나의 모습을 발견하고 휘둥그레졌다.

이량의 손은 물일을 한 탓인지 심하게 부르터 있었다.

지금까지 집안일은 손도 못 대게하며 키웠던 동생이다.

옷차림도 온통 빛이 바래어 위아래 할 것 없이 초라하다. 풍족한 생활이 아닌 것을 한눈에 알 수 있었다.

"이게 뭐야, 량아. 그렇게 걱정시키더니……."

"누나……. 미안……."

"야위었구나. 밥은 제대로 먹고 있는 거야?"

마치 엄마 같은 그 말에 이량이 살며시 웃었다.

"누나는 그대로구나."

"당연하지."

"그런데 너무 예뻐져서 깜짝 놀랐어. 역시 누나는 미인이라니까."

"너도 참……."

언제나처럼 대놓고 칭찬하는 동생의 말이 낯간지럽다.

뺨을 물들이는 이령에게 미소 짓던 이량은 문득, 그 뒤에 누군가 있는 것을 보고 의아한 표정을 지었다.

"그런데 누나, 저분은……?"

이령이 웃으며 대답했다.

"우리 신랑이야."

"누나, 혼인했어?"

"응."

"그렇구나. 그래서 이렇게 더 예뻐졌구나……."

이량은 조금 쓸쓸한 표정이었지만 그래도 금방 웃음을 되찾고 축하해주었다.

"축하해, 누나."

"고마워."

"잘됐어. 나 때문에 누나가 계속 시집도 못 가고 사는 게 아닐까 걱정했는데."

그렇지 않아, 라고 말하지 못했다. 만약 황제 폐하를 만나지 못했다면 이령은 혼인 따위는 생각도 하지 않았을 테니까.

"소개할게."

이령은 황제의 팔을 잡고 이량 앞에 세우더니 웃으며 말했다.

"폐하, 제 동생, 량이예요."

"폐하……?"

이량이 갸우뚱했다.

"응, 황제 폐하셔."

하지만 이량은 웃을 뿐 믿으려 하지 않았다.

"설마, 농담하지 마. 이런 곳에 황제 폐하가 오실 리 없잖아."

"하지만, 진짜인걸. 여기 이렇게 오셨어."

"누나……."

"몰래 나온 것이라 이런 차림이지만, 진짜 황제 폐하셔."

이량이 믿지 못하는 것도 당연하다. 황제가 천성궁 밖에 나올 때는 보통 여러 명의 병사를 거느린다. 그 행렬의 길이만 해도 선두부터 후미까지 다 지나가는 동안 한잠 푹 잘 수 있을 정도라며 소문 좋아하는 사람들이 야유할 정도이다.

그 폐하가, 설마, 신하 하나 대동하지 않고 이런 황량한 곳까지 걸어서 올 것이라고는 누구도 생각지 못할 것이다.

"누나, 정말……."

이량이 이령을 손짓해 불렀다. 이량은 이령의 귀에 입을 대고, 작은 소리로 속삭였다.

"누나, 괜찮아?"

"무슨 말이야?"

"혹시, 속고 있는 거 아니야? 저 녀석, 분명 황제를 사칭하는 나쁜 놈일 거야."

"아니야."

"맞다니까. 누나는 단순해서 잘 속으니까. 조심해야 한다고……."

황제는 이 남매가 속삭이며 주고받는 말을 그저 조용히 보고 있다. 끼어들지 않는 것은 아마 이 상황을 즐기고 있어서인지도 모른다.

"무슨 일이냐? 소란스럽구나."

그때, 초막 문이 열리고 안에서 백발의 노인이 얼굴을 내밀었다.

이량은 노인 쪽을 보고 큰소리로 답했다.

"죄송합니다, 스승님. 누나가 저를 찾아왔습니다."

그 말에 이령은 고개를 갸우뚱했다.

'스승님……?'

대체 어찌 된 일일까? 량은 여기 혼자 살고 있는 게 아니었나?

"네 누나라고?"

백발의 노인은 조금 놀란 듯하더니 느릿느릿 초막 밖으로 나왔다.

"그렇구나. 그렇다면 인사를 해야지."

이량이 달려가 노인을 부축했다. 지팡이를 짚으며 이쪽으로 걸어오는 노인은 상당히 나이가 있어 보였다. 낡은 옷을 걸치고 백발을 어깨에 풀어헤친 그 모습은, 초라하지만 왠지 모를 풍채가 느껴졌다.

'마치 옛날이야기에 나오는 신선 같아…….'

이령이 그렇게 생각하는 동안 노인이 웃으며 다가왔다.

"그대가 량의 누나인가?"

영문도 모른 채 이령은 양손을 허리춤에 대고 무릎을 굽혀 여성스럽게 인사했다.

"네, 이요금이라 합니다."

"그리고, 이쪽은……."

노인이 황제를 향했다.

"오오……. 이런, 반가운 분이……."

노인의 얼굴에 놀라움이 퍼졌다.

황제는 눈을 가늘게 뜨고 말했다.

"오래간만입니다. 호(胡) 노사. 건강해 보이셔서 다행입니다."

노인은 가슴 앞에 양손을 모으고 황제를 향해 신하의 예를 갖추었다.

"오랜만에 뵙습니다, 황제 폐하. 훌륭히 성장하셨습니다."

이령이 의아해하자, 황제가 이령의 어깨를 살짝 두드리며 알려주었다.

"령, 이쪽은 호 노사. 선황 폐하 대에 박사를 지내셨던 분이다."

"예?"

소리 낸 것은 이량이다.

"정말입니까? 스승님, 그렇게 대단한 분이셨습니까?"

박사란, 국가가 설립한 학교의 학장이며 온 국가의 학자를 통솔하는 직책이다. 박학다식해야 함은 물론 인망도 두터워야 한다.

그런 높은 사람이 이런 초막에 살고 있다니, 놀랄 일이긴 하다.

"이량, 사실이다."

황제가 이량에게 시선을 돌렸다.

"호 노사는 선황 폐하가 승하하신 후 황태후의 횡포에 간언하다 눈 밖에 나게 되어 결국 그 직책을 잃고 쫓겨나셨다."

그 말을 들은 이령은 황제의 소맷자락을 꽉 쥐었다. 황태후의 일로 황제는 깊은 마음의 상처를 안고 있다. 이 이상 상처가 커지지 않기를 빌 수밖에 없었다.

황제는 이령의 그런 손을 살며시 잡고, 호 노사에게 나직이 말했다.

"호 노사만 괜찮으시다면, 다시 천성궁에 들어오시지 않겠습니까? 제게는 사부의 지혜가 필요합니다."

하지만 늙은 사부는 고개를 저었다.

"아닙니다……. 저는 너무 늙었어요. 궁에서 일하는 것은 벅찹니다."

"사부."

"게다가 이렇듯 제자가 있으니."

호 노사가 이량을 보았다. 그를 따라 이령과 황제의 시선도 이량을 향했다.

이량의 얼굴이 흐려지며 갑자기 창백해졌다.

"황제 폐하……? 설마…… 진짜……?"

"그렇다니까. 진짜 폐하셔."

이량의 눈빛이 험악해졌다.

"누나. 누나도 납치된 거야?"

이량의 오해를 깨닫고 이령이 웃었다.

"아니야. 오해야. 황제 폐하는 사실 여자를 싫어하시거든."

"어찌 된 거야?"

그러니까, 하고 설명을 시작하기에 앞서 호 노사가 온화

하게 이령을 막아섰다.

“이야기가 길어질 듯하구나. 나머지는 들어가서 하는 것이 어떠신가? 누추하지만 들어들 오시게.”

호 노사의 권유에 두 사람은 안으로 들어갔다.

우선은 이령의 이야기부터.

여차여차해서 남장을 하고 이량인 척 궁중에 들어갔던 일, 그러다 너무 일을 못해 상서성에서 쫓겨났던 일, 황제 폐하가 몸종 일을 명했던 것, 폐하를 옆에서 모시다 보니 어느샌가 사랑에 빠져 버린 것.

이량이 가출한 후 일어난 일을 간추려 이야기하자 호 노사는 무릎을 치며 호탕하게 웃었다.

“거참, 재미있는 색시로구먼.”

황제가 웃으며 물었다.

“호 노사도 그렇게 생각하시지요?”

“이런 색시가 옆에 있으면 폐하도 심심하진 않으시겠습니다그려. 좋은 색시를 고르셨습니다.”

초막 안에 줄곧 웃음꽃이 핀 후, 이윽고 이령은 이량에게 물었다.

“이번엔 네 차례야.”

“누나…….”

“가출은 왜 했니?”

“그게…….”

우물거리는 이량을 보다 못한 호 노사가 입을 열었다.

"그건 제가 말씀드리지요."

"사부님……."

"이 늙은이는 갈 곳도 없는 몸. 옛날에는 박사라고 떠받들어지기도 했지만, 지금은 아무것도 지닌 것 없는 그냥 노인이올시다. 허나, 한탄스럽지 않고 오히려 가뿐하다오. 가진 것이 많으면 그만큼 고통을 짊어지고 살아야 하지 않는가."

황제 폐하가 그 좋은 예가 아닐까.

이령은 생각했다. 보통사람은 황제가 지닌 중압감을 버티지 못하리라.

"허나, 인간이다 보니 때로는 혼자라 쓸쓸하기도 합니다. 그럴 때는 거문고를 뜯을 뿐이지요. 이래 봬도 거문고는 좀 뜯는지라."

익살스럽게 웃으며 호 노사는 이야기를 이어갔다.

"이 년쯤 전이었을까, 그날도 거문고를 뜯고 있었지요. 아무도 듣는 이 없는 곡이었거늘. 이런 변두리까지 오는 호기심 가득한 청년이 있더이다. 그 녀석이 어느 날 갑자기 뛰쳐 들어와 제자로 받아달라 하는데, 아무리 봐도 어린애가 아닙니까. 당연히 거절했지만 이 녀석이 또 오고, 또 오고. 거문고를 가르쳐달라며 끈질기게 조르는지라."

"그것이…… 량이었습니까?"

이령의 물음에 호 노사가 끄덕였다.

"그러던 어느 날 이 녀석이 가출해서 달리 갈 곳이 없으니, 여기서 지내게 해달라는 겁니다. 그때부터 량은 여기에 살고 저는 량에게 거문고를 가르치고, 그리되었습니다."

"그렇군요……."

"뭐, 이 녀석이 오고부터는 살림도 하고 장작도 패고 청소며 식사도 전부 챙겨주니 저야 편해서 좋지만, 가족들은 걱정하셨겠지요."

호 노사의 말에 이량이 고개를 푹 숙였다.

이령은 그런 동생을 말끄러미 보았다.

이모 댁에 있을 때는 물 긷는 일이며 장작 패기, 청소, 식사 준비, 어느 것 하나 시킨 적이 없다. 그 대신 공부에 전념해 주길 바랐다.

이량의 손이 그때와 달리 거칠어진 것은 사실이다. 아마 제 나름대로 열심히 살았을 것이다. 그러고 보니 초막에 들고 나서 차를 내온 것도 이량이었다.

"량은 옛날부터 거문고에 재주가 있었지요."

그렇게 말하자 이량은 울 듯한 눈빛으로 누나를 보았다.

"실은, 공부가 아니라 거문고를 배우고 싶었구나."

거문고는 단순히 연주만 하는 것이 아니라 악기 자체 또한 연주자가 만든다. 아버지가 살아 계셨다면 거문고 명수였던 아버지에게 배울 수 있었겠지만, 그러지 못한 이량은 호 노사에게 그 길을 찾고 있었던 것이다.

"미안해, 량. 내가 나빴어. 네 기분도 모르고 내가 원하는 것만 강요해서."

"누나……. 나는……."

"괜찮아. 관리가 되라고는 더 말하지 않을 거야. 너는 네가 하고 싶은 것을 하면 돼."

이량의 눈에 눈물이 고였다.

"…고마워… 누나."

손을 맞잡은 두 사람을 보며, 호 노사가 웃었다.

"이것으로 일단락인가."

황제가 작게 한숨을 쉬었다.

"참, 많이 닮은 남매다. 둘 다 무모하기 짝이 없군."

이령과 이량이 마주 보며 웃었다. 지금까지는 얼굴만 닮았지 속은 전혀 안 닮은 남매라 생각하고 있었지만, 아무래도 그 생각을 바꿔야 할 듯하다.

"자…… 정리도 좀 되었으니, 한 곡 청해볼까?"

황제의 권유에 이량이 거문고를 준비했다.

이량의 손가락이 현을 튕긴다. 소리가 울리고 곡조를 이루었다. 그 옛날 즐겨 연주하던 곡이다.

너무나도 아름다운…….

"그나저나 참 신기한 일이다."

혼잣말처럼 황제가 흘린 말을 이령은 놓치지 않았다.

"무엇이 말입니까?"

"너희 남매의 아버지, 이광에게 거문고를 가르친 것이 바로 이 호 노사이다."

"에? 정말입니까?"

호 노사를 바라보자, 그가 작게 고개를 끄덕였다.

"량은 먼저 알고 있었지."

"어머나……."

"량은 아마 내게서 아버지의 모습을 본 것이 아닐까……. 이것도 저것도 모두, 천명이겠지요."

그래, 그럴지도 모른다.

이량이 호 노사의 거문고 소리를 만나 관리의 길을 홀연히 떨치고 집을 나가게 된 것도, 자신이 이량 대신 천성궁에 들어가게 된 것도 그 일만 두고 보면 무모한 일일 것이다.

하지만 그랬기에 이량은 자신의 길을 찾고, 자신은 사랑하는 사람을 만났다. 이것이 천명이 아니면 무엇일까?

이령은 이량의 거문고 음률에 맞추어 천천히 노래하기 시작했다.

황제 폐하에게 안겨 불렀던 그 노래. 뜻도 모르는 먼 서역의 사랑 노래.

이령의 노래를 들으며 황제가 미소 지었다.

이보다 더 좋을 수 없는, 평온하고 따뜻한 오후였다.

『후궁정원~비밀스런 사랑은 황제 폐하와~』 끝

작가 후기

먼저 책을 구입해 주셔서 감사합니다. 이번에는 중국풍 판타지입니다. 황제 폐하와, 가문은 좋지만 생활력 강하고 꾸밈없는, 동생밖에 모르는 평범한 소녀의 신데렐라 스토리(일 예정)입니다. 달달한 이야기(일 예정)입니다. 요염한 장면도 충실히 들어가 있습니다.

조금이라도 즐겁게 보셨다면 좋겠습니다.

작품을 쓸 때, 가장 먼저 시작하는 것은 자료 수집입니다. 이번에는 배경이며 시대가 덜 익숙한지라, 우선 역사책부터 파헤쳐 보았는데요, 예를 들어 진시황제. 유명한 사람이죠. '여기는 시험에 꼭 나와' 하며 들어보았을 중요인물입니다. 지금은 어떤 내용으로 가르치는지 모르지만 중국을 맨 처음 통일한 사람, 만리장성을 쌓아올린 사람 등으로 수업에서 배웠었죠.

그리하여, 히메노는 시황제가 진을 건국한 인물이고, 그 후 오랫동안 진나라가 이어진 줄 알고 있었는데, 이번에 조사하며 깜짝 놀랐습니다.

시황제는 진나라의 6대 왕이었어요…….

게다가 진나라는 시황제가 황제에 오른 후, 겨우 14년 만에 멸망했다고 하네요.

만리장성도, 그가 쌓았다기보다는 원래 있던 것을 정비한 정도라는 것을 보고 '뭐야? 그랬던 거야??' 하는 기분이 들었습니다.

히메노는 정말 역사 문외한이었습니다. 저도 저에게 실망했어요…….

어쨌든, 자료조사는 즐거운 일이지요. 이 작품을 쓰면서 지금까지 몰랐던 사실을 많이 알게 되었어요. 기회를 주신 출판사, 편집담당자 그리고 독자 여러분께 진심으로 감사드려요.

끝으로, 일러스트를 담당해 주신 미즈키님, 정말 감사합니다. 그림을 그릴 때는 문장을 쓰는 것 이상으로 자료가 필요했을 텐데, 정말 수고하셨습니다. 덕분에 너무 요염한 표지가 완성되었네요. 책이 발간되어 컬러로 보는 것을 기대하고 있겠습니다.

히메노 유리

역자 후기

천명, 운명이라는 게 진짜 있을까요? 저는 그다지 운명을 믿지 않고, 자기 노력 여하에 따라 삶의 결과란 얼마든지 바뀌는 법이라 생각하지만, 이령과 왕상의 이야기에 한바탕 빠졌다가 나오니, 어째 운명이라는 것을 믿고 싶어집니다. 이런 게 소설의 힘이 아닐까요?

나라와 부모라는 소중한 존재를 한순간에 잃고 쌍둥이처럼 꼭 빼닮은 남동생만을 바라보며 동생의 입신양명을 제 삶의 목표로 살아온 소박하고 생활력 강한 아가씨, 자신의 욕심이 아닌 어머니의 욕심을 뒤집어쓰고 그 욕심 때문에 소중한 사람들을 모두 잃고 고독한 존재가 된 한 남자. 작가는 아무래도 중국의 진시황을 모티브로 삼은 것 같은데요, 생각해 보면 역사 속에 이름이 남은 사람들에게는 누구든 이런 커다란 고독과 고통이 따르지 않았을까 싶습니다.

그리고 그 옆을 따뜻하게 지켜주는 누군가가 있었느냐, 아니면 철저하게 혼자였느냐에 따라 그 삶의 모습은 크게 달라졌을 것입니다. 그렇게 보면 사람은 사람에게 얼마나 큰 힘이 될 수 있는 걸까요.

이 둘은 언뜻 보면 그 속내를 알아차리기 힘듭니다. 그래서 떠도는 소문이 깊은 오해로 이어져 원망의 마음으로 관계가 시작되지요. 하지만 사람은 겪어봐야 알죠. 그리고 둘의 마음이 누구보다 순수하기에 함께 지낸 시간만큼 가까워질 수밖에 없었던 것 같습니다. 여러 오해의 벽을 넘고 결국 서로의 마음을 확인하게 된 두 사람의 사랑이 해피엔딩으로 끝나서 참 다행입니다.

이령은 자신의 삶을 살며 행복을 느끼는 법을 배웠고 왕상은 황제라는 존재가 평생 안고 살아가야만 하는 엄청난 고독과 삶의 무게를 다독여 줄 존재를 만났습니다. 욕심 없고 순수한 두 사람이 아니었다면 이 관계는 엇갈리기만 하다가 파국을 맞았을지도 모릅니다. 또 동생 이량은 누나의 바람이 아닌 자신의 바람대로 살아가는 삶을 찾았으니 이만한 해피엔딩도 없지요.

독자 여러분도 작품 속 인물과 함께, 이들처럼 순수한 욕심을 솔직하게 드러내어 자신의 진짜 행복을 찾을 수 있다면 좋겠네요. 끝까지 읽어주셔서 감사합니다.

이수영

19세 미만 구독 불가
흑의 장군과 동쪽 탑의 마녀
히메노 유리 글
아마노 치기리 그림
최서향 옮김
“내 아이를 낳아라. 알렉산드라.”
〈숙녀에게도 꿈꾸던 동화-메르헨이 있다〉
『은의 왕자와 호박색 공주』 스핀오프 출간!
엽서 크기 책갈피-캘린더
초판 한정 증정!
Marchen Novel